遺跡発掘師は笑わない

元寇船の紡ぐ夢

桑原水菜

角川文庫
20441

遺跡発掘師は笑わない

元寇船の紡ぐ夢

The dream that a Mongolian Invasions ship spins

主な登場人物

西原無量　天才的な宝物発掘師（トレジャー・ディガー）。亀石発掘派遣事務所に所属。

相良忍　亀石発掘派遣事務所で働く、無量の幼なじみ。元文化庁の職員。

永倉萌絵　忍の同僚。特技は中国語とカンフー。

黒木仁　米国のトレジャーハンター。今回の水中発掘にダイバーとして参加。

東尾広大　今回の発掘チームで無量とバディを組むダイバー。無量とは昔なじみ。

司波孝　世界的な水中発掘の第一人者。今回の発掘チームの潜水班リーダー。

エイミ　トレジャーハンター、サミュエル・ハンの妻で、鑑定士。黒木の元恋人。

藤枝幸允　無量の父。筑紫大の史学科教授。無量が幼い頃に別れて以来、犬猿の仲。

JK　民間軍事会社GRMのエージェント。無量の能力に強い関心を抱く。

前巻のあらすじ

鷹島沖の海底遺跡発掘チームに派遣された無量は、黒木と潜った際に美しい黄金の剣を見つける。だが翌日、剣は紛失していた。犯人捜しをはじめた無量と黒木は、国際窃盗団コルドとの繋がりが噂されるサミュエル・ハンの仕業と目星をつけるが、ハンは溺死体で発見され、その後無量にも「チュンニョルワンの遺物を渡せ」と脅迫電話が入る。どうやらハンはバロン・モールと名のる人物のリクエストで高麗の「忠烈王の剣」を探しており、そのため無量が発見した剣を横取りしたが、ハンの死後剣は行方不明らしい。

無量からこの紛失事件を聞いた忍も、独自に捜査をはじめる。ハンが最期の夜に会っていたのが黒木だったこと、ハンの妻・エイミが黒木の元恋人だったことを知った忍は黒木に疑惑を抱き、彼の菩提寺がある伊万里を訪れる。黒木家に代々伝わる家宝の剣を見せてもらおうとするが、箱の中は空で「アキバツノ ツルギ ハ タカシマ ニ アリ」の箱書きと、パスパ文字の落款だけが残されていた。

一方無量たちは剣を発見した海底を再調査するが、その結果黒木は、黄金の剣は「忠烈王の剣」などではなく、昔海の事故で死んだ黒木の兄が隠した「対馬様の拝領刀」と結論づける。そんな折、エイミから黒木のもとに遺物を返すとの連絡が入り——!?

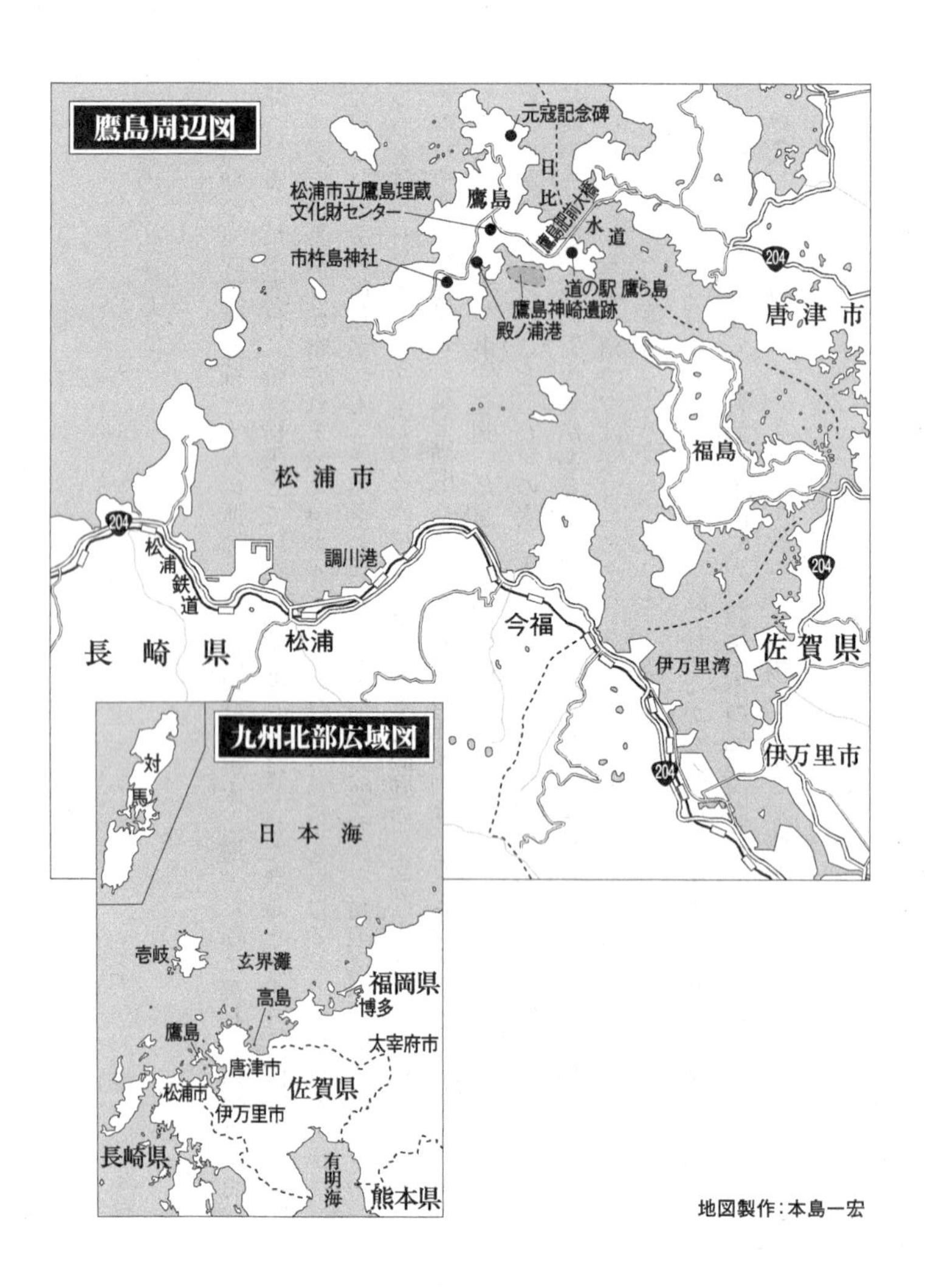
鷹島周辺図
元寇記念碑
日
比
水
道
鷹島肥前大橋
松浦市立鷹島埋蔵
文化財センター
鷹島
市杵島神社
道の駅 鷹ら島
鷹島神崎遺跡
殿ノ浦港
唐津市
福島
松浦市
204
松
浦
鉄
道
調川港
松浦
今福
長崎県
佐賀県
伊万里湾
伊万里市
九州北部広域図
対
馬
日本海
壱岐
玄界灘
福岡県
高島
博多
鷹島
太宰府市
唐津市
佐賀県
松浦市
伊万里市
長崎県
有
明
海
熊本県

地図製作：本島一宏

第一章　真実は海の底に

万事休す、を通り越して、絶体絶命だ。

萌絵は拳銃をつきつけられて、両手を挙げた。

太宰府天満宮へと駆けつけて、いきなり面倒な事態に巻き込まれた。

鷹島沖の海底遺跡で発見された刀剣が、何者かに持ち去られたのは、数日前。その犯人とおぼしき男――サミュエル・ハンの妻エィミが、刀剣を返すと知らせてきたのは、今朝のことだった。

遺跡発掘チームの黒木仁が受け取りに来る約束だった。それを見届けるために一足先に駆けつけた萌絵は、不審な男たちに追われるエィミを助けねばならなくなり、まさかの乱闘劇を繰り広げたが、ついに天開稲荷神社の境内で追い詰められてしまった。

参拝客の姿は、関わり合いになるまいとばかりに、周囲から消えていた。

男たちにとらわれたエィミを横目に、萌絵はどうにか窮地を脱する方法を探ったが、だめだ。突破口がない。

萌絵のポケットには、エイミから預かった「ロッカーの鍵」がある。

――ジンに渡して！

「イブッはどこだ」

男が、英語で問いかけてきた。萌絵はしらばっくれて、

「なに言ってるのか、わからないんですけど」

「その女が持ち出したイブッはどこにある」

「日本語で言ってったら」

かみ合わないやりとりを繰り返していた時だった。鳥居のほうから、クリアな日本語が飛び込んできた。

「……クロキに渡そうとしたものはどこにあるか、と訊いているのだよ」

萌絵とエイミは同時に振り返った。そこにいたのは白髪まじりの外国人老紳士と東洋系の中年男性だ。

日本語で話しかけてきたのは、中年男性のほうだ。どうやら老紳士の部下らしい。

老紳士は褐色肌で、端整な顔立ちをしている。

ひと目見て、人の上に立つ男だとわかった。証明するように、たちまち男たちは凶器をおろし、居住まいを正した。

老紳士は、物腰穏やかながら、佇まいに風格がある。左瞼だけが深く垂れていて眇めがちに見えるところは不動明王を思わせる。自分の太刀打ちできる相手ではないことも、萌絵は瞬時に悟った。腕っぷしという意味ではない。が、強者を見極めるのは、武術の

心得がある者特有の直感だ。

なにより、エイミの表情が変わった。

凍りついた、というのが正しい。

「ミスターバロン……」

萌絵はその一言に反応した。バロン……とは確か……と記憶を探っている間にも、老紳士はエイミへと英語で話しかけてきた。

「そこのお嬢さんは、君の友人かい？　エイミ」

顔面蒼白になったエイミは、やっとのことで声を搾り出した。

「いえ……。通りすがりの方です。名前も知らない方ですわ」

語尾は震えていたが、先ほどまでの取り乱した様子は、ない。気丈に振る舞おうと自分を鼓舞するように顎をあげ、

「私が追われているのを見て、親切に助けてくださっただけですわ」

「君は誰と会うつもりだったんだい？」

訊ねたのは、老人のそばに寄り添う男だった。東洋系の顔立ちで、年齢は四十代後半か。この暑いのに黒スーツを着ている。中肉中背の引き締まった体は体操選手のようで、削げた頬は影も濃く、左瞼の上に傷がある。

「我々の目を盗んで会いに来た相手とは、ジン・クロキかな？」

「ちがいます、ガレオス。私は天神様にお参りに来ただけよ」

毅然と言い返すエイミは、先ほどとは別人のようだ。癒やしの空気もなければ、逃げて助けを求めていたか弱さもない。黒い瞳をキッと見開き、すっと背すじを正すと、どこかの女神像のようになった。

ガレオスと呼ばれた黒スーツ男は、短く笑った。

「クロキとは海で決着をつけたいところだ」

「彼なら鷹島で発掘中よ。きっと誰にも値段がつけられないような素晴らしい発見をするでしょうね」

言うと、エイミが萌絵に向き直った。ついさっきまで助けを求めていたとは思えないほど、堂々としている。

「お嬢さん、ご親切にありがとう。でも、もういいの。どうぞ行ってください」

萌絵は困惑した。この状況でエイミを置いていけるわけがない。だがエイミは突き放すように、

「さあ、行って」

老紳士の登場で状況が変わったのだろう。どうやら自分がいるとややこしくなるようだ、と悟った萌絵は、どうするべきか迷ったが、萌絵を囲んでいる男たちは、ただで行かせるつもりはないとみえる。

と、そのときだ。

だしぬけに、とびきり大きな声が参道のほうからあがった。

「こんなところにいたのかい、ハニー！」

緊迫した空気を読まない素っ頓狂な声だった。見ると、参道口から金髪の欧米人が駆け上がってくるではないか。その男は萌絵のもとに一直線に駆けてきて、

「やっと見つけたよ、迷子になったんじゃないかってあちこち探したんだよ！」

「あなた、ピーマン尻の……ッ」

萌絵の手首を掴んだ男は、ジム・ケリーではないか。

相良忍がガイドをしていたアメリカ人学芸員だ。

「新婚旅行先で迷子なんてかっこわるいじゃないか。あれほどトイレの前で待っててって言ったのに先に行っちゃうんだから」

「え？　新婚？　え？」

「ほんとに落ち着きがないんだから。……ああ、すいません。妻が余計なことをしたみたいで。お邪魔しました。さあ、行こうハニー！」

言うと、後ろ髪を引かれる萌絵を急き立てるように腕をひく。すぐに男たちが前に立ちはだかったが、男は手で押し分けて、強引に道を開こうとする。もみ合いになりかけた時、老紳士が無言でガレオスに指示を出した。

「かまうな。行かせてやれ」

これ以上の騒ぎは避けたかったのだろう。

萌絵はケリーに腕を引かれ、早足で立ち去った。鳥居を何本もくぐり、急坂を半分転

げ落ちるようにくだっていきながら、萌絵が訴えた。

「ケリーさん！　なんでこんなところに！」

「君はサガラの同僚だったね。勇敢すぎてびっくりするよ」

聞けば、研修の一環で九州国立博物館に立ち寄った後だという。

「参拝しようと立ち寄ってみたら、サガラの同僚が大乱闘してるじゃないか。目を奪われて、つい追いかけてきてしまったよ」

「じゃ、偶然……」

「事情はよくわからないが、ピンチだったんだろ」

見ていられず、萌絵を救い出した、というわけだ。

「お礼は言います。でも、エイミさんを放っておくわけには！」

「ばかだね。彼女は君を助けたんだ。引き返したら足手まといだ」

いいから、と言ってケリーは手を引っ張り続ける。

「……振り返っちゃだめだよ。僕たちにも尾行がついてる。彼らが去るまではおとなしくしてるんだ」

言うと、新婚ほやほやの親密さをアピールするように、萌絵の腰をいかにも手慣れた動作で抱きよせるではないか。欧米人特有の濃い香水の匂いが鼻に飛び込んできて、萌絵は激しくうろたえた。

麓（ふもと）までたどり着くと、ケリーは萌絵をつれて先ほどまでいた茶屋に入った。そこで食事をする体を装っていると、確かに見張りのような男がいるのが確認できた。

幸いなことに、黒木はまだ店には来ていない。間もなく、参道のほうから男たちと一緒にエイミがおりてきて、駐車場へと去って行った。見張りの男も立ち去った。

「これで一安心だ。さあ、聞こう。何があったんだい？　一緒にいたあの彼女は」

萌絵は経緯をかいつまんで話した。

「例の紛失した遺物のことか。サガラが言ってた」

忠烈王の剣、と呼ばれていた海底遺物のことだ。ケリーは鷹島の水中発掘も見学していたから、その流れで事情も知っている。

「私はエイミさんが黒木さんに返すのを見届けるつもりで来たんですけど」

萌絵はそっと掌を開いた。握っていたのは、エイミから渡された鍵だ。どこかのロッカー鍵のようだが「ジンに渡せ」とエイミは伝えてきた。

「そこに遺物を預けてある、ってことかと」

黒木との待ち合わせ時間にはまだ三十分ほどある。黒木を待って直接、鍵を渡そうとケリーは言った。

「このへんでロッカーがあるところといえば、観光案内所か、もしくは駅だが」

「それよりエイミさんが心配です。あの人たちのところから遺物を持ち出したのかも」

あの白髪の老紳士は誰だったのか。

「いや……。これ以上は関わらない方がいいと思うよ」

「どうして？」

「それは……」

答えを口ごもる。萌絵は用心深くケリーを見つめる。

ジム・ケリー。イニシャルは〝ＪＫ〟だ。

無量(むりょう)を〈革手袋(レザーグラブ)〉と呼んだ、あの忍宛のメール。送信者は、ここにいるケリーなのではないか。萌絵がそう問い詰めようとして口を開きかけた、その時だった。

店先に黒いＴシャツ姿の日本人男性が現れた。漁師を思わせる浅黒い肌に縮れ髪。ケリーが真っ先に気づいた。

「黒木さんじゃないデスか」

「え？」

萌絵は面識がない。面識があるのはケリーのほうだった。入ってきた黒木は驚き、

「あんたは……こないだ見学に来たシカゴの学芸員さん？」

萌絵は黒木にエイミと同じ空気を感じた。どこか南国の浜辺で寄り添うようにして佇(たたず)むふたりの姿が自然とイメージできた。

――ジンに渡して。

エイミのすがるような眼差(まなざ)しが脳裏に甦(よみがえ)り、萌絵は彼女がどんな想いでここへ来たかを理解した。思い出の場所であろうこの太宰府天満宮をわざわざ待ち合わせ場所に指定してきた理由も。

エイミから受け取った鍵を握りしめて、萌絵は黒木へと歩み寄った。

＊

こんなところで再会することになるとは、想像もしなかった。

鷹島の小さな集落にある市杵島神社。

その昔、海底から引き揚げられたという銅製の高麗仏を見るためにやってきた西原無量と相良忍だ。ふたりを待っていたのは、藤枝幸允との再会だった。

無量の、父親だ。

離婚したので苗字こそ違うが。

無量とはあまり似ていない。藤枝は背が高く、面長で彫りが深く鷲鼻なところは少し日本人離れしている。官僚のようにスーツを着こなし、この暑いのに襟元の乱れひとつない。

足下の水たまりには向き合う親子の姿が映っている。

蒸し暑い曇天のもと、蟬が騒がしく鳴いている。

顔立ちは似ていない親子だが、耳の形と指の形が驚くほどそっくりだ。忍は焦った。

藤枝は泰然としている。無量はといえば、あっという間に纏う空気が、触れれば切れそうなほど、ビリリと張り詰めた。

眦をつり上げて、ひたすら睨み続けている。

父親と再会するのは、かれこれ十四年ぶりだ。

別れた時、無量はまだ十歳にも満たない子供だった。成人した我が子に感慨もひとしおかと思いきや、藤枝は冷淡だった。蒸し暑さも忘れ、辺りが薄ら寒く感じてしまうほど、藤枝の表情には感情が動いた気配がない。

かたや無量は、心の準備が全くできていなかったせいか、一瞬で気持ちが沸点に達している。体中から噴き出す積年の恨みを押さえ込むので精一杯だった。

野犬のように低く唸って今にも飛びかかっていきそうだ。忍も察して、ふたりの間に割り込むようにして立つと、後ろ手で無量に自制を促した。

だが、そばにいた白田は、驚くほど空気を読まない。

「藤枝先生に息子さんの優秀な働きぶりを是非見て欲しかったものだからね、僕がお呼びしたんだ。作業が中止になってしまったのは残念だったが」

白田は無神経というよりも、根っからの学究肌でマイペースだから、他人の心の機微に無頓着なのだろう。

忍はそんな白田を苦々しげに見て、無量を気遣うように視線を送った。無量は感情を押し殺して、

「なにしにきたんすか」

と、冷ややかな目つきで言った。

「大学のえらい先生に来てもらっても、お見せするようなたいそうなもんは何も出てないんすけどね」

ぞんざいな言葉に殺気が滲（にじ）んでいる。だが藤枝は、全く意に介さなかった。

「久しぶりだな、無量。宝物発掘師（トレジャー・ディガー）などと呼ばれて、浮かれているようじゃないか」

「浮かれてなんて、ないっすよ」

「……トレジャーハンター気取りで遺跡発掘にも手を出したのか？　その安易さ、いかにもあの男の孫らしいな」

「何が言いたいんすか」

「どこにあるとも知れない宝物を探し出すような幼稚な気分で、毎日あくせく土を掘って……。天才発掘師などと持ち上げられているようだが、私に言わせれば、おまえの発掘勘など、トリュフを探しまわる豚と、そう変わらん」

あからさまな蔑（さげす）みに、無量は一瞬ぽかんとした。

「言うに事欠いて豚っすか。発掘屋なめてんすか」

「豚が気に入らないなら猟犬だ。少しばかり鼻が利くというだけで、土木作業員ごときに学究の徒みたいな顔をされるのは、はなはだ迷惑な話なんだがね」

「そんな顔、一回もした覚え、ないんすけどね」

「発掘勘なんていい加減なもんをもてはやす考古学者どもも、愚かとしか言いようがない。そんなものをアテになどしてるから、捏造（ねつぞう）遺物にコロリと騙（だま）されるんだ」

尊大な態度で辛辣な言葉を吐く。無量は屈辱に震えていたが、怒鳴り返しては負けだと思うのか、こらえて言い放った。

「それを言ったら文献屋も全然大したことないじゃないすか。どう見てもどっかから伝え聞いただけの、ほんとかどうかも定かでない史料なんかをありがたがって、あーでもないこーでもないって、大の大人が不毛な議論して……。あんたらの扱う真実なんてやつは、土の中から出てきた土器のかけらひとつにも及ばないんすよ」

すると、滅多には動じない藤枝の眉が、ぴくりと動いた。

無量は薄笑いすら浮かべて、

「証拠になる遺物が出てくるまで、あんたらは自分の言ってることが本当に正しいのかどうかも、わかんないわけじゃないすか。大昔の人間の捏造史料にしょっちゅう振り回されて騙されてんのは、そっちじゃないすかね」

無量、と忍が小声で制止した。しかし無量にもプライドがある。

「そーすよ、俺は学者じゃない。自分を学者だと思ったことも一度も無い。ただの土木作業員っすよ。その土木作業員のほうが、あんたらよりも遥かにたくさん歴史の真実とやらをこの手で掴んでんじゃないすか。文字通り、この手で」

と無量は革手袋をはめた右手を差し出した。

それを見て、藤枝がふと真率な表情になった。

「俺らはあんたら文献屋のための猟犬なんかじゃない。俺たちの仕事がないと、何も断定できないのは、あんたらのほうなんだから、でかい口叩かないでくださいよ」

「……ふん」

鼻で笑って、藤枝はまた尊大な口調になった。

「我々が導いてやらなければ、出てきた遺物の正体もわからんくせに」

「……」

どちらも一歩も引かない。

さすがの白田も、ふたりの顔色を窺い、オロオロしている。

一筋縄ではいかない親子だ。不毛な議論でマウンティングしあう様を、忍はじっと見つめている。気弱で臆病だった無量の心に反骨心を育てたのは、ひとえに父親藤枝への恨みだった。言い負かされたままではいたくない無量の意地が、忍にも痛いほど伝わってくるが、放っておく訳にもいかなかった。

「しかし、藤枝教授。蒙古襲来は鎌倉後期。あなたの専門外のはずですが、なぜ、わざわざここへ？」

「忘れたのかい、忍くん。私の専門は、外交史と交易史だ」

時代区分としては王朝時代が中心だが、日宋貿易の論文も書き、大陸との外交史全般を広く守備範囲としている。

外交・交易を知るには、人や物資を運んだ船の研究もおろそかにはできない。沈没船から引き揚げられる遺物こそ、まさに当時の交易の生きた証拠品でもあるのだ。

「文化庁も近年、水中発掘には力を入れる方向で動いている。今後この九州北岸では沈船発掘が増えるだろう。私の研究を裏付ける物的証拠も必ず出てくる。私は現在の水中考古学とやらの程度を知るために、見に来たのだ」

海に囲まれた日本は、沈没船の数も多いはずだ。古代から中世にかけての貿易船が見つかる可能性も十分ある。

「……作業中止は、朝にはわかったはずですが？」

忍は「無量に会いに来たのだ」という一言を藤枝から引き出してやりたかった。

しかし、藤枝は実の息子の活躍など眼中にはないように、

「伊万里湾の周囲にも、いくつか唐房があったはずだ」

「とうぼう？」

「唐人たちが棲みついて作り上げた、大昔のチャイナタウンのことだよ」

玄界灘に面した九州北岸には、「東房」「唐坊」などといった今も残る地名から、チャイナタウンだったとみられる場所が特定できる。松浦にもある。

「フィールドワークとしゃれこんだわけっすか。このクソ暑いのに」

無量の毒舌は止まらない。が、藤枝は意にも介さず、

「話は白田くんから聞いたぞ、無量。子供のいたずらなんぞに振り回されて、みっともないな」

黒木の兄が埋めた刀剣のことだ。元寇遺物などではなかった経緯を、白田から聞いた

と見える。無量は苦々しげに白田を睨んだ。

「……余計なこと、ソイツに吹き込まないでくださいよ。白田サン」

「忠烈王（チュンニョルワン）の剣などと舞い上がっていたそうじゃないか」

「舞い上がってなんかないっすよ」

「おおかた史料批判もろくにせん連中にたぶらかされたんだろう。元寇研究者はいまだに『八幡愚童訓（はちまんぐどうくん）』をありがたがってるようだが、少し読めば、どこぞの坊主が書き散らした、嘘だらけの三級史料だとすぐに知れるだろうに」

　無量は補足を求めるように忍を見た。忍は小声で「元寇研究でよく使われている史料のことだよ」と教えた。鎌倉期に作られた寺社縁起で、元々は八幡神の功徳を子供らにもわかるように教えるためのものだったが、その中に元寇の記述があった。

「無能で怠慢な研究者のいうことを真に受けるおまえもおまえだ。無量。だから、おまえたち発掘屋は猟犬などと呼ばれるんだよ」

「なにが言いたいんすか」

「鷹島にやってきたのは、江南（こうなん）軍だけだ。高麗船は来ていない。つまり」

　と藤枝はお堂の中にある銅製仏を見た。

「あそこにある高麗仏も、元寇船の守り仏などではないということだ」

「いきなり何言って」

「あれを持ってきたのは、元寇船なんかじゃない。倭寇（わこう）だ。高麗から略奪してきた仏像を祀っていたんだろう。略奪仏では具合が悪いから、海から出たなどと言い散らし、元寇のせいにしたにちがいない」

　無量と忍も、言葉に詰まった。

　藤枝は相変わらず、人を食ったような顔つきをしている。

「まあ、近頃では、下手に倭寇が持ってきたなどと知られようものなら、韓国の連中から難癖をつけられる。かの国では、窃盗犯が英雄になるご時世だからな」

　その台詞の念頭には少し前に対馬で起きた仏像盗難事件がある。窃盗団に盗まれた仏像を、韓国の寺が倭寇に略奪されたものだと主張して対馬の寺への返還を拒んだ事件だ。

　無量はペク・ユジンの言葉を思い出した。その件を批判した藤枝から、侮辱めいた発言を投げつけられたと憤っていた。藤枝の性分なら「さもあらん」だ。この調子で臆面もなくペクを皮肉ったのだろう。

「勝手に決めつけんな」

　と無量は真正面から言い返した。

「その仏像は略奪品じゃない。少なくとも海から出たことは間違いない」

「どうしてわかる」

「銅錆の具合を見ればわかる」

「野ざらしにしていただけかもしれんぞ」

「鷹島海底遺跡から出た元軍の青銅製飾金具と錆具合がよく似てる。海から出た遺物なのは間違いない」

　無量は挑むような目つきで、藤枝を睨みつけた。

「……あんたこそ、文献屋なら、八幡なんちゃらが嘘八百だって証明できる史料を見つけてきたらどうなんすか」

「物的証拠を出すのがおまえたちの仕事だろう」

「俺たちはあんたの猟犬じゃない」

「可愛い猟犬だよ。おまえは」

　藤枝は不遜な笑みを浮かべると、居丈高に無量を見下した。

「……パスパ文字の大元通宝が出たそうだな。それは十四世紀の貿易船が沈んでいる証拠だ。……まあ、誰かが埋めた作り物の刀にだまされてるようでは、ろくな調査にもならんだろうが」

「作り物じゃない……っ。あの刀剣は本物だ！」

　突然、無量が声を荒げたものだから、驚いたのはそばにいた忍だ。藤枝の暴言の数々にとうとうこらえていられなくなった。

「ああ、見つけ出してやる。あの刀剣が、本物の元寇の刀だって証拠。あの仏像が、高麗船に乗ってやってきた証拠を！　そうしてあんたの言ってること、全部……！」

「それだ、無量！」

　藤枝は大きく目を見開いて、言い放った。

「その発掘屋の執着が、おまえの祖父の捏造を生んだのだ！　見つけ出してやるなどという、その驕り高ぶった目的意識が肥大して、やがて自分から偽の証拠を作り出し始めるのだ。見つけ出してやるなどと言っている限り、おまえもいずれ捏造する！　おまえの祖父のようにな！」

「ふざっ……けんな！」

「無量！」

手をあげかけた無量を、忍が後ろから抱え込んだ。

「捏造なんかしない……誰がするもんか！　捏造なんか、俺は……それだけは！」

「落ち着け、無量！」

忍を振り払って今にも飛びかかっていこうとする無量を、忍が必死に押さえ込む。藤枝は冷めた眼差しでそれを眺めている。

「……そういえば、元寇捕虜の研究をしている人物が壱岐にいると聞く」

これには忍が鋭く反応した。

「元寇の捕虜？　松浦党のですか」

「捕虜が持ち込んだ遺物についても調べていると聞いたが？……まあ、せいぜい海女の真似でもして、金方慶が鷹島に来た証でも掘り当ててみろ。海底のナマコよりは値打ちが出るだろうよ」

乾いた笑いを残して去っていく。無量がその背中に告げた。

「……母さんは唐津焼、全部売ったよ」

ふと藤枝が足を止めた。

無量はまっすぐに父親の背中を見つめ、真率な表情で、

「全部売り払ったよ」

「………」

何も答えず去ろうとする藤枝に向け、畳みかけた。

「見てろ！　あの刀の――〝アキバツの剣〟の正体を、この手で突き止めてやる。必ず！」

「アキバツ……」

藤枝がふと反応した。

「そうか。ならば、ひとつだけ材料をくれてやろう」

「え？」

「〝『高麗史』巻一二六　列伝・邊安烈〟」

無量と忍はぽかんとしてしまう。

藤枝は独り言のように呟き、車のほうへと去っていった。さしもの白田も、申し訳なげに肩を細くして、ふたりに頭を下げると、慌てて後を追っていく。藤枝を乗せた車は神社から走り去っていった。

無量は車が見えなくなった後も、坂の向こうを睨み続けている。忍もようやく緊張を

解いた。

「……藤枝氏は、どうしていつもあんな言い方をするんだろうな」

無量の幼なじみである忍は、藤枝のこともよく知っている。昔から、何を考えているのかわからない、近寄りがたい男だった。

「それでも昔はそれなりにかわいがってもらえた。子供だったからかな」

「それは忍が優秀だからだよ」

無量はまだ坂の向こうを睨んでいる。

「見所のない人間にはとことん冷たいやつなんだよ……」

「無量」

「あいつは家族を一番守らなきゃならなかった時に、自分だけ逃げた。家族を切り捨てて自分の身を守った。許さない。絶対に」

祖父が起こした遺物捏造事件で、無量たち家族はマスコミの集中砲火に巻き込まれた。家から出ることもできず、見知らぬ人間の心ない言葉に傷つけられた。

「あいつは俺がじーさんに手ぇ焼かれた時も、一度も病院に来なかったんだ」

無量は恨み続けている。逃げた父親を。

自分の保身のために父親の役目を果たそうともしなかった藤枝を。

「俺は絶対あんな人間にはならない。あんなふうにだけは、絶対」

無量がここまではっきりと嫌悪をあらわにする相手は、藤枝だけだ。忍にはその気持ちが痛いほどわかる。右拳が震えているのを見て、その肩に手を置こうとしたが、触れる直前でためらってしまった。西原家の不幸の発端を作ったのは、自分の父親だという拭えない思いが、忍にはある。瑛一朗の遺物捏造をマスコミにリークしたのは、他でもない、忍の父親だった。そんな自分が無量を慰めるのは、筋違いのようにも思えた。

行き場をなくした手を、忍は無量の頭の上にぽんとかぶせる。そしてグラグラと揺さぶった。

「お、おい……忍」

忍は何も言わずに苦く微笑みかける。すると無量も少し安心したように表情を和らげた。それで十分だった。

「それにしても、藤枝氏は去り際に何か妙なことを言ってたな」

「ああ。高麗史がどうのって」

「史書だ。『高麗史』巻一二六 列伝・邊安烈〟……」

忍は記憶に刻みつけるようにひとりごちると、頭を切り換えて、顔をあげた。

「今はそれよりも永倉さんたちが心配だ。無量、すぐに太宰府に向かおう」

車に戻ろうとして、無量はふと何かに呼ばれた気がして、後ろを振り返った。

お堂のガラス越しに、高麗仏が見送っている。

青錆びた仏像は大きな瞳でじっとこちらを見ている。何かを託されたような思いがした無量は、深く頭を下げた。引き受けた、というように。

蟬がまた競い合うように鳴き始めている。ふたりは神社を後にした。

*

太宰府天満宮の茶店で、黒木と無事落ち合うことができた萌絵は、あらかた経緯を話し、エイミに託された鍵を渡した。

黒木も無量から連絡を受け、カメケンの萌絵が駆けつけていることは聞いていたらしい。おかげで話も早かったが、鍵を受け取った黒木は真っ先にエイミの身を案じた。携帯電話も電源が切られているらしく、通じる気配がない。

「その男たちはどういう連中だった？」

「日本人じゃなさそうです。一番エライ老人はインドとか中東のほうの人っぽかった。その老人に付き添っていた人は、エイミさんから確か、ガレオスと」

「ガレオス？　そう言ったのか！」

黒木は顔を覆ってうなだれた。

「腕利きのトレジャーハンターだ。この業界じゃ知られた男で、一時期、うちの財団にも在籍していたが、報酬につられて裏のほうに潜っていったと」

「裏というのは？」

「非合法で集められた骨董品を扱うマーケットのことだ。闇ルートを持っていて盗掘団や窃盗団が持ちこんだ商品を売りさばいたり、ロンダリングしたりする」

どうやら死んだサミュエル・ハンは、そのガレオスの口利きで裏マーケットと通じるようになったらしい。

「なら、もしかして一緒にいた老人は」

「ガレオスの雇用主かもしれん」

黒木は険しい顔を崩さない。各地から流出した文化財を密かにコレクターへと高値で売りつける非合法の世界だ。つい最近沈んだ船や客船をも狙うという。

「火事場泥棒のような連中だ。うちの財団みたいな表に名を出せるサルベージ屋はまだマシで、より破格の報酬が得られるというので、海の窃盗団に身を落とす奴もいる。ガレオスみたいな腕が良いハンターは特に目をつけられやすかったんだろう」

黒木自身もそういう手合いから何度か声をかけられたことがあるという。

「黒木さんに対抗意識燃やしてましたけど……」

「所属のハンターはスイム・サーチで当たりを出すのも腕のうちでね。財団にいる頃はトップ・ハンターを争った」

ライバルのような男だった。そんな男の雇用主らしき、あの老人は一体何者なのか。

そんなふたりのやりとりを、同席していたケリーは、ただ黙って聞いている。

「エイミさんは、こうなるのを予測してロッカーに隠していたのかもしれません。ともかくロッカーを探しましょう。拝領刀を」

萌絵たちは太宰府天満宮のロッカーを探した。周辺でロッカーがあるのは、駅の観光案内所だけだ。

「ここじゃない……」

赴いて確認してみたが、鍵の種類が違う。案内所で聞いてもこの近くには他にはないという。隣の西鉄五条（にしてつごじょう）駅、もしくは西鉄二日市（ふつかいち）駅かＪＲ二日市駅になってしまう。

「そんな離れた場所にわざわざ入れるかな……」

「他にロッカーがあるとすると……、あっ」

萌絵は手を打った。

「博物館は？　九博（きゅうはく）の中にもロッカーがあったはずです」

九州国立博物館だ。太宰府天満宮の境内からは長いエスカレーターに乗ればたどり着ける。三人は引き返し、博物館へと駆けつけた。

博物館のロッカーは、入館券を買わずとも利用できる。鍵についている番号札を見ると、そのロッカーのものと同じだった。すぐに番号を探しだして扉を開けた。

「これは……っ」

そこに刀は入っていない。代わりに小さな手提げの紙袋がひとつ。

黒木の手元を覗（のぞ）き込んだ萌絵とケリーは、目を瞠（みは）った。中に入っていたのは、黒い箱だ。黒革で覆われた、四角い指輪ケースではないか。

萌絵は首をかしげてしまう。

「まさか、昔、黒木さんからもらった指輪を返しにきただけっていうんじゃ……」

「……」

黒木は神妙な顔つきになってケースの蓋をあけた。

中に入っていたのは、やはり、指輪だった。

だが、ケースから想像する「華奢な貴石のついた指輪」などではない。女性用にしてはずいぶんとごつく、チャンピオンリングかカレッジリングのような形状だ。厚みのある方形の固まりが輪の上にのっかっている。

全体に黒っぽく、古く錆びている。

ロッカーからはてっきり鷹島沖で見つかった「対馬様の拝領刀」が出てくるものと思っていた萌絵は、わけがわからない。

このやけに分厚い、黒い指輪はなんだろう。

「銀印……？」

黒木にはそれが何か、わかったようだった。

「銀印の指輪だ……」

「ぎん……いん……？」

萌絵とケリーは思わず黒木の顔を覗き込む。

無量たちから電話がかかってきたのは、その直後のことだった。

*

無量と忍が博物館に到着したのは、それから少し経った頃だ。

博物館に隣接したカフェレストランで、萌絵たちは待っていた。昼時を過ぎて店はいくらか空いている。一番奥のテーブルから萌絵が手を振った。黒木と萌絵はともかく、ケリーまでいたことに、ぎょっとしたのは忍だった。

「ケリーさん、なんでここにいるんですか」

「うん。なんでだろうね……」

ケリーはエスプレッソを飲みながら、経緯を語った。困惑している忍の横で、無量はあからさまに怪しそうな顔で眺め回していたが、ケリーはしれっとしたものだ。

「それより黒木さん。例の『対馬様の拝領刀』はどこなんすか」

「いや。ない。戻ってきてない」

無量たちは意表をつかれた。

「代わりにこれが」

黒木が溜息と共にテーブルへと差し出したのは、指輪ケースだ。無量が手に取り、開けてみた。中に入っていたのは、錆びた古い指輪だ。

「エイミさんの指輪ですか？　突っ返された？」

「いくら俺でも、自分の彼女にこんなおんぼろの指輪はプレゼントしないよ」

失礼、と言って忍がハンカチを取りだし、慎重な手つきで指輪を包み込み、鑑定をするかのごとく上から下から観察した。カレッジリングを思わせる太い指輪は、アームが爪状になっていて繋がっておらず、サイズ調整できそうな形状だが、女性の指にはめるには大きすぎるし、何よりもごつすぎる。石座にあたる部分はおよそ三センチ四方の方形になっていて、表面には記号めいた模様が刻まれている。

「ずいぶんな年代モノですね。これはなんですか」

「銀印だ」

「銀印？」

ああ、と黒木がうなずいた。

「文字が刻まれているのがわかるか」

「ええ……確かに何か字のようなものが。篆刻っぽく見えますが」

「これは印章だ。いわゆる、ハンコだよ。指輪の形をしたハンコ。ずいぶん古い。酸化して多少黒くなっているが、手入れもしてあるし、骨董的価値も低くはないと思う」

「印面の文字は、漢字ですか？」

そこからは萌絵の出番だった。萌絵がおもむろに取りだしたのは、メイク直し用ミラーだ。そこに指輪を映すと印面が反転した。

「相良さん、これ見覚えがありませんか」

「え？　まさか……っ」

　忍はさっと顔色を変え、慌てて自分のスマホを取りだした。保存してあるカメラ画像と鏡を見比べて、絶句した。

「同じだ……。まさか箱書きの印影は、この指輪の！」

　無量が「その写真なに？」と覗き込んでくる。

「黒木家の菩提寺で撮ったやつだよ。対馬様からの拝領刀が入っていた桐箱の底に書かれてあった箱書きだ。そのそばに捺してあったパスパ文字の落款だ」

　無量も「あっ」と小さく声をあげた。身を乗り出して、スマホ画面と鏡に映った指輪の印章を首っ引きになって見比べる。

「めっちゃ似てる……つか大きさも。これ同じなんじゃない？」

「つまり、箱書きに捺してあった落款は、この指輪……？」

〝アキバツ　ノ　ツルギ　ハ　タカシマ　ニ　アリ〟

　その一文とともに、箱底に添えて捺してあった落款は、確かにパスパ文字ともよく似ているようだった。しかもこの指輪の印影とそっくりなのだ。

「どういうこと？　箱書きに捺されてたハンコはこの指輪で、この指輪を持ってたのは、エイミさん？　でも何でエイミさんが？」

「わからない……。どこで手に入れたのかも……」

「そもそも、この指輪はなんなんすか」

と無量が訊ねた。黒木は記憶を手繰りながら、

「パスパ文字の銅印指輪と言われるものなら、博多の遺跡でも出土してる。博多遺跡群といえば、かつて中国や朝鮮との貿易都市だった痕跡がたくさん出ているところだ。元寇の記録にも名が残る息浜のそばで、元寇防塁にも近く、明との貿易拠点にもなっていた屋敷跡があるようだが」

「それにもパスパ文字が？」

「ああ、とても珍しいので話題になっていた。その近くからは十四世紀前半の遺物が出ていた」

十四世紀前半といえば、鎌倉時代末期から室町時代初期。西暦でいえば、一三〇〇年代。日本では、天皇家が南朝と北朝とに分かれて対立していた頃だ。

「中国は元の時代、朝鮮は高麗。鷹島海底から出たパスパ文字の大元通宝が流通していたのも、同じ時期だ」

「じゃあ、これもその頃のやつってことっすか？」

「パスパ文字が使われていた期間は限られているから年代も限定的だが、少なくとも元寇の頃にはもう使用されていた。鷹島で出た管軍総把印がその証拠だ。指輪タイプの印章は、ヨーロッパのほうではたまに見るが、日本で見るのは珍しいな」

「ちなみに出土したほうのに刻まれてたパスパ文字は、なんて？」

萌絵がスマホで検索をかけた。

「パスパ文字で〝gi〟……〝記述〟の〝記〟を意味してるんじゃないかって。でもこれよりも小さいですね。印面も逆字でなく正字で刻まれてると」

印面は捺印(なついん)した時に正しく読めるよう、文字を反転させて刻むものだが。

「この指輪はガッツリ分厚いし印面も精密だし、どっちかというと鷹島で出た管軍総把印を思い出します」

「接合部がある」

無量がアームを指さして、言った。

「元々、独立した銀印だったものに、あとから輪っかを接合して、無理矢理、指輪に仕立てたんじゃないすかね。ほら、裏側につまみがあった痕(あと)もある」

印面の裏には普通、判を捺(お)すためのつまみ(鈕(ちゅう))がついている。つまみに開けた穴(鈕孔)に紐(ひも)を通したりするのだが、この銀印にはそれがない。後に加工したのだろう。

「指につけて肌身離さずにおいておかないといけないような、そんな大事な印だったってことですかね」

「印影の解読を待つしかない」

忍が言って腕組みをした。

「問題はなぜ、エイミさんは『対馬様の拝領刀』ではなく、この銀印を黒木さんに渡そうとしたのかだ。確かに『刀を返す』と黒木さんに言ったんですよね」

「そう約束したから、ここまで来たんだ」

その刀がハンの求めていた「忠烈王の剣」でないことは、黒木が自らエイミに伝えた。もし手元にあるなら、それは関係のない代物だから返してくれ、と交渉した結果、エイミも応じたのだ。

「初めから返す気がなかったのか。もしくは、この銀印が拝領刀とセットになってて、刀を返すのと同じような意味があった、とか？……永倉さん、エイミさんは他に何か」

萌絵は首を横に振った。ロッカーの中身には何も言及しなかった。

「そういえば、エイミさんを追ってきた男も『カタナを返せ』とは言いませんでした。『イブツを返せ』と言ってました」

「どっちともとれるが」

「あの箱書きに捺してあったってことは、もとは黒木さんのおうちの方が持っていたんじゃないでしょうか。箱書きが書かれたのは、拝領刀が持ち出された時ですよね。つまり持ち出した当人が……黒木さんのお兄さんが」

黒木は怪訝な顔をした。

「だとしても、なんでそれがエイミの手にある」

「エイミさんが数日前、黒木さんのご実家を訪れてたから、そのときとか」

「なんだって？　エイミがうちにきた？」

黒木と再会した、同じ日の昼間のことだ。エイミは黒木家の墓参りにも来た上に、黒木の実家もおそらく訪れている。おそらく、というのは、萌絵たちが黒木の妹・比奈子に会った時の、リアクションだ。エイミが来たか、との問いに対して比奈子は「知らない」と答えたが、取り繕っている感じがありありとしていた。

「ちょっと待ってくれ。比奈子からこれを受け取った？　この銀印指輪がうちにあっただと？」

「心当たりは？」

「見たこともない。一体なんのために」

答えられる者はここにはいない。

「………。比奈子が何か知っている。そういうことか」

黒木は険しい目つきになった。

「ちょっと失礼」

と、黒木がおもむろにスマホを持って席を立つ。店の外に出て、どこかに電話をかけている。すると、後を追うようにケリーも立ちあがった。

「……長居しすぎたかな。あとは皆さんにお任せして僕はこのへんで失礼しますよ」

「ケリーさん」

「ここは僕が」

と伝票を持ってケリーは会計に向かう。忍が慌てて後を追いかけた。残された無量と萌絵は顔を見合わせた。

忍とケリーはレジのそばで伝票の取り合いになっている。結局、忍が強引に取り上げて支払いを始めた。ケリーは呆(あき)れながら、忍に言った。

「これくらい払ってやるのに」

「いえ。借りができてしまいましたから」

「永倉くんを助けたことかい？　余計なことをしてしまったな。彼女はカラテファイター？　あのハイキックならGRM(うち)でも使えそうだね」

「冗談に聞こえませんから」

忍が財布から五千円札を取りだしてレジに差し出した時だった。

その耳元に、ケリー……いや、JKが囁(ささや)いた。

「エイミを追ってきた男たちのボス。……あれはバロン・モールだったよ」

驚いた忍が思わず小銭を落としてしまう。足下に転がってきた十円玉を拾い上げたのはJKだ。手渡すと、忍は顔をこわばらせている。

「バロン・モール……というのは、例の買付人ですか。ハンに『忠烈王(チュンニョルワン)の剣』をリクエストしたという。その男のことを知ってたんですか」

「コルドの一員だ」

「！」

忍が息を止めると、JKは周りを窺(うかが)いながら、小声で言った。

「本部にあるコルドに関する数少ない資料にあった顔だ。まちがいない」

「なんですって」

文化財を狙う国際窃盗団のことだ。そこで得た収益は過激派組織のテロ資金にもなっている。近年東アジアでの活動報告が多数あり、岩手の事件でもその一味が関わっていたようだった。

「コルドの表の顔だな。闇で扱われる盗難文化財なんかをロンダリングするための窓口といったところだ。まさか日本に来ているとは驚きだが、幹部級が動くくらいだから余程の案件だね」

「……………。エイミさんもコルドの手中にあるということですか」

「念のため、こいつを仕込んでおいた」

ＪＫが胸ポケットからちらりと出して見せたのは、リチウム電池の形をした何かの小型機器だ。ＧＰＳ発信器だった。ＪＫが萌絵をつれて立ち去ろうとした時、ガレオスとうっかりぶつかったと見せかけて、持っていたカバンに潜ませたという。

「こんなもの、いつも持ち歩いているんですか」

「ハンがコルドと繋(つな)がってると知って、わざわざ用意してきたんじゃないか。とりあえずマークしてみて、連中の動向を知らせるよ」

「マークって……あなたがですか。なんでそこまで」

「これでもうちは一応コルド撲滅を国防総省から依頼されてる身なんだよ。君たちのためじゃない。刀剣のほうは、まあ、がんばって取り返してくれたまえ。できる限りの支援はするよ。それとこれ」

ＪＫがカバンから取りだしたのは、掌よりも少し大きな黒いケースだ。カメラか双眼鏡のようだったが、忍が受け取ると、ずしりと重い。ぎょっとして、

「ＪＫ、これは」

「なに。身の安全を考えてのことさ。いざという時は使ってくれ」

さすがの忍も言葉がない。

そんなふたりのやりとりを、一番奥の席から無量と萌絵が窺っていた。ふたりの声は聞こえないが、なにやら深刻そうな雰囲気に、無量の表情も硬くなっている。

「本当に偶然だったのか……？」

「え？」

「あの人があんたを助けにきたのって、ただの偶然だったのかな」

萌絵も同じ疑念を感じていたのだろう。囁くように問いかけた。

「やっぱり疑ってる？　ケリーさんがＪＫだって」

「………」

無量は警戒気味だ。ふたりがやりとりをしているのを見ているうちに、不意に記憶の奥にある光景が一瞬だけ甦った。無量はハッとなり、咄嗟にその記憶を摑んで鮮明にさせようとしたが、指の間をすり抜けるようにイメージだけ残して霧散してしまう。

「どうしたの？」

「……あれは……どこの」

めない。

無量は眉間に拳を当てて、もう一度記憶を呼び起こそうとしたが、もどかしいほど掴めない。

ガラス壁の向こうでは、黒木がどこかと電話している。声は聞こえないが苛立っている様子だ。あの拝領刀と銀印指輪について、黒木が知らない何かをエイミが知っているというのも、おかしな話だ。

「銀印が黒木家にあったものだとしたら、ますます変だよね。エイミさんは初めから全部知ってて黒木家を訪れたことになっちゃう……。黒木さんも知らないことをどうやってエイミさんが」

無量は腕組みをして、考え込んでいる。謎が謎を呼ぶとは、このことだ。

やがて黒木が戻ってきた。

「実家に電話してきた。比奈子に訊ねてみたが、銀印のことなど知らないそうだ」

「知らない？　エイミさんのことは？」

「エイミが来たことは、認めた」

椅子に腰掛けた黒木は、背もたれに肘をかけ、少し遠くを見るような姿勢で口もとに手をあてた。

「ただ素直に客として来ただけらしい。エイミは自分からは名乗らなかったようだが、比奈子はエイミと面識があるから」

「あったんですか」

「以前エィミを福岡に連れてきた時、一度、三人で会って食事をした。俺は親父と険悪で実家に長く寄りつかなかったが、妹とは連絡をとっていたから。エィミと別れたことも知っていたし」

「ならエィミさんはただ単純にお店の客として？」

「一輪挿しを買って帰ったそうだ」

あっと萌絵は口を押さえた。エィミの言葉を思い出したのだ。

昔、黒木と福岡へ来た時に、空港で伊万里焼の一輪挿しを買ったという話。「どうせ買うなら、安っぽいみやげ品でなく、ちゃんとしたものを買ってやるから」と黒木に言われたと懐かしそうに語っていた。そんなエィミが黒木の実家の窯をわざわざ訪れた理由が、萌絵には理屈でなく理解できてしまったのだ。

「銀印の話も、拝領刀の話もしなかったらしい」

「だとすると変ですね」

席に戻ってきた忍が、黒木の背後に立ってそう答えた。

「比奈子さんから受け取ったのでなければ、エィミさんはどこで銀印を手に入れたんでしょう」

「そもそも黒木家にあったんじゃない、としたら？」

と無量が言った。三人が注目すると、無量はコーラをストローで吸いあげて、テーブルに肘をついた。

「銀印は黒木家にはなく、別のところにあったとしたら？」

「なら、あの箱書きの捺印は？　黒木さんのお兄さんとは別の人が書いて印を捺したとでも？」

「その可能性も十分ある。死んだお兄さん以外の人が書いたのかも」

「まさか鷹島の海に埋めたのも、誰かの指示だった、とか？」

「そもそも箱書きがいつ書かれたものなのか。証明できてない。あの箱自体は、ずっと昔から使われてたんだとしたら、箱書きも実はもっと昔からあったのかもしれない」

萌絵は狐につままれたような顔になった。黒木はしかめ面になり、

「箱書きが記されたのは、もっと前……か。つまり兄貴が持ち出す前から、すでに記されていたと？」

「〞アキバツの剣は鷹島にアリ〞という一文には、別の意味があるってことか」

忍は考え、次に起こす行動を頭の中で組み立てた。

「……ともかく心配なのは、エイミさんの身の安全です。彼らがこの銀印を探しているんだとしたら、こちらの手にあると知られるとまずい。知られた途端、エイミさんを人質に取られて脅される可能性もある」

「どうする？」

「エイミさんは『信用度の高い遺物の鑑定人』として、あの男たちのもとに置かれているのかも。だとすると拝領刀もあの男たちのもとにある」

「あの老人が誰なのか、相良さん、わかるんですか？」

萌絵が訊いた。忍は一瞬迷ったが、ここで隠すのも不自然だ。

「永倉さんが会った老人はおそらく、買付人だ。さっきケリーさんが知人に問い合わせて情報を得たんだが、ガレオス氏の今の雇用主は、バロン・モール。例の国際窃盗団コルドと直接繫がってる男らしい」

これには無量たちも驚いた。本当は「ケリー自身がバロン・モールだと確認した」のだが、忍はそうは言わずにぼやかした。

「コルドと繫がってる……って」

「ハン氏に『忠烈王の剣』を手に入れるよう指示したのは、永倉さんが見たその老人だ。そして」

忍は薄暗い目つきになった。

「ハン氏の死についても、たぶん何か知っている……」

「エイミはその買付人のところにいるのか。まさか、エイミが俺を唐津に呼び出したのは……あれは」

エイミからのSOSだったのではないのか、と。

茫然とした黒木は掌を見つめ、読み取れなかった自分に失望したのか、苛立ったのか、拳を握りしめて、テーブルの上に重くゴトリと落とす。そのまま持ち上げられることなく、石のように置かれたままの拳を見つめ、忍が問いかけた。

「呼び出された時、エイミさんは、あなたになんと……？」

「……。日本の警察が自分を疑っているようだと。弁護士の手配をどうすればいいか、とか、遺体搬送や諸々の手続きのことを手助けしてほしいと頼まれた。まずは大使館に連絡するようにアドバイスしたが」

うなだれている黒木は情けないような表情をしていた。

「ずっとどこか歯切れが悪かった。何か言いたげにしていたのにも気づいていた。なのに俺は親身になるどころか、本当にハンを手にかけたのはおまえじゃないのか、と問い詰めて……。心の中じゃ、ハンなんかと一緒になったことを呪っていた」

黒木は自嘲めいた笑みを浮かべている。

「……こんな男だから、愛想を尽かされたんだろうな」

萌絵は、そんな黒木の姿をみて、エイミも過去を振り返って悔いるようなことを言っていたのを思い出した。自分は行く道を間違えてしまったと。愚かであったほうが幸せになれたかもしれない、と。

黒木もエイミも、本当はお互いを愛していたのに別れてしまったのではないか。だからエイミもあんなことを言ったのではないか。

無量にもそれは伝わっているのか。眼差しは真摯に黒木へと向けられている。別れた理由など当人たちにしかわからないし、好き同士が別れる理由などいくらでもある。自らの心の狭さに忸怩する黒木を責める気にもならなかった。

口を開いたのは、忍だった。

「エイミさんがもし意志に反して彼らの許にいるのなら、なんとかして連れ戻しましょう。きっと彼女が全てを知っている」

それが一番の近道であることは明らかだった。しかし、連絡をつけるのもままならない今、エイミから投げかけられた謎かけを解くことでしか、真相に近づくことはできない。

「解き明かすしかない。この銀印がなんなのか。〝アキバツの剣〟との関係も」

「でもどうやって」

忍は指輪ケースの蓋を閉めて、黒木に返した。そして無量を振り返り、

「あてはある。行こう」

目線は先を睨んでいる。忍は行動を起こすのも早い。

「おあつらえむけに目の前には国立の博物館がある。まずは文献検索だ」

第二章　太祖が愛した勇者

九州国立博物館は太宰府天満宮とはひとつ山を挟んだ裏側にある。

全面ガラス張りの壁面には、空と山とが鏡のように映って景色に溶け込み、外観には巨大建築物特有の威圧感がない。

博物館には先日のシンポジウムで運営を仕切った学芸員がいて、萌絵とも顔見知りだったため、快く史料検索に協力してくれた。

忍がリクエストしたのは『高麗史』だ。

九州国立博物館には朝鮮半島関係の史料も多く保管してあって、その多くはデジタル化してあり、誰でもパソコンから検索して中身を閲覧することができる。パソコンに向かい史料を探し当てた忍は、迷うことなく、ある頁を画面に出した。

「……って忍、おまえ、まさか」

無量が横から覗き込んで口を挟んだ。

「藤枝の言ってたやつか？　あんな奴の言うことわざわざ……っ」

「あった。『列伝・邊安烈』……」

漢文を目で追っていた忍が目を瞠った。

「李……成桂だと？」

文中に登場する人物の名だ。無量が「誰？」と問いかけると、

「高麗王朝を倒して、のちに朝鮮王朝を開いた人物だ。李氏朝鮮の太祖」

無量と萌絵もぎょっとした。いきなり大物の登場だ。史料は白文のままで訓点もないが、忍はそれを苦ともしない。

「もともと武人だった。倭寇と戦って武功を重ねたこともある」

当時、倭寇は船団を組んで大陸へと渡り、略奪を働いた。最も激しかったのが、高麗時代の終わり頃。その頃に頭角を現してきたのが、李成桂だった。

「高麗はそうでなくても蒙古が攻めてきたあたりからどんどん疲弊していってて、ただでさえボロボロだったところにたびたび倭寇に襲われたみたいだ。倭寇たちも元寇で勝って追い返したことで、変な自信がついたのかもな。沿岸だけでなく、内陸まで乗り込んでいって略奪しまくるようになったらしい」

元寇は国対国の戦だったが、倭寇は民衆による略奪行為だ。襲撃はゲリラ的で執拗で、その暴れぶりはますます高麗の民を疲弊させ、恐れさせたという。

「ひどいな倭寇……」

「ほんと大迷惑」

「倭寇を行ったのは、主に対馬と壱岐そして松浦の貧しい人たちだったと言われてる」

忍はマウスをかちかちと操作しながら、画面と首っ引きになって言った。

「元々農地が狭くて土地もやせてて、しょっちゅう飢饉が起こっていて、食いつなぐために海賊行為を行ったらしい。そんな倭寇鎮圧のために奮戦したのが、李成桂だったんだ。ここに書かれているのは、その倭寇と戦った南原山城の戦いだ……」

画面一杯に漢文がびっしり映し出されている。忍はもの凄い集中力で、内容を追った。

「〝有一賊将・年纔十五六〟〝骨貌端麗・驍勇無比〟……〝阿只抜都〟……これか？

〝アキバツ〟！」

「あったのか？」

身を乗り出した萌絵と無量に、忍はうなずいた。

「〝アキバツ〟というのは、倭寇にいた勇猛な将のことらしい」

「日本人の名前？　にしてはちょっと変わってるけど」

「名前というか……高麗側の人たちが彼をそう呼んでいたらしい。つまり、あだ名だな。まだ十五、六歳の少年で、容貌端麗、驍勇無比」

「十五、六の少年……？」

「白い馬に乗って槍を振るい、たくさんの敵を倒しまくって高麗の兵から恐れられていたようだ」

忍がかいつまんで説明してくれたおかげで、萌絵と無量も「アキバツ」の正体を知ることができたが、倭寇の泥臭いイメージとはかけ離れた逸話にちょっと驚いた。

「十代のめちゃめちゃ強い美少年が倭寇にいたってこと？　やだ。ときめく」

「なんか天草四郎みたいだな」

「しかも李成桂は、アキバツを殺すのは惜しかったのか、生け捕りにしろ、と部下に命じたようだが、こんな危ない奴は生かしておいたらまずい、と言われて諦めたらしい。アキバツは兜と銅の仮面で顔を隠して隙がなかったから、李成桂が兜を矢で射て落とし、部下が討ち取った……と」

それを聞いた萌絵が「Ｏｈ……」とばかりに天を仰いだ。

「まさに美人薄命……」

「つまり、あの剣は朝鮮半島で死んだ若い猛将のものだってこと？」

と、無量が問いかけた。首をひねっている。

黒木家にあった拝領刀の箱書きには「アキバツ　ノ　ツルギ　ハ　タカシマ　ニ　アリ」とあった。「アキバツの剣」というくらいだから、彼の所持していた剣にちがいない。

「それがなんで、黒木さんちにあるわけ？」

忍と萌絵も、あらためて顔を見合わせてしまった。根本的な矛盾が生じる。

「それって、いつの話？」

萌絵がすかさず調べる。

「一三八〇年……。元寇の二回目・弘安の役からほぼほぼ百年後」

「百年後か。黒木さんの母方——金原の先祖は、松浦党。倭寇になっていたとしても、おかしくはないが」

「けど、アキバツっていうのは、高麗側が呼んでたあだ名みたいなもんで、本名じゃないわけだろ？　黒木さんちにあった刀が『アキバツの剣』だと記されてること自体、そもそも変じゃないか？　黒木家……つか金原家に伝わってきたのは、元寇で攻めてきた高麗の武将のもののはずじゃないの？」

「つまり、金方慶（キムバンギョン）の刀でもなかったってことですか？　本当は、朝鮮半島で死んだ倭寇の、形見の刀……だったと？」

忍はマウスから手をはなし、顎（あご）に手をかけた。

「だが、金原家の古文書には確かに、金方慶から授かった刀剣と書いてある……。どっちの言ってることが本当なんだ？」

＊

資料室から出てきた無量たちは、エントランスの椅子に座り込んでいる黒木のもとに向かった。黒木はスマホを握りしめながら、座り込んでいる。半分うなだれながら、目だけをあげて、宙を睨んでいる。眉間（みけん）には悲壮感を漂わせ、無量も声をかけるのをためらったほどだ。

忍が無量をうながした。おまえがそばにいってやれ、というように。

無量は近づいていって、声をかけた。

「大丈夫っすか」

黒木は我に返り、眉間のしわを消した。

「すまん。ちょっと色々あって混乱してるだけだ」

「無理もないです」

「俺はほんとうに……なにをしてたんだろうな」

憔悴した表情で、黒木は苦笑いした。

「別れた女のSOSにも気づかないで。誰と結婚しようが、俺がどうこういう立場にはないのに。自分の心の狭さに、我ながら、あきれた」

黒木の手の中には指輪ケースがある。エイミが残した銀印が入っている。

「……まるで、渡せなかった婚約指輪みたいだな」

いつものように口端を曲げて、自嘲する。その言葉で黒木の思いを察した無量は、隣に腰掛け、わざと素っ気なく問いかけた。

「なんで別れたんすか。エイミさんと」

「……。単刀直入だな。向こうから切り出されたんだ。別れようって」

「ほんとうは不本意だったんじゃ？」

「仕方ないさ」

黒木は吹き抜けになっている高い天井を見上げた。

「お互い忙しくなりすぎて、半年に一度も会えないような有様だった。すれ違いが続いて、気を遣いあって、いつしか義務感になるくらいなら、一度ゼロに戻そうと。それでもお互いが必要だと思えたなら、きっと距離を取り戻そうとするはずだからと」

「……」

「だが、そうはならなかった……。それが答えさ」

「意地っ張りなんすよ。黒木さんは」

無量は黒木と同じ姿勢になり、日焼けした横顔に向かって言った。

「海の底は死の世界だって、言ってましたよね。潜ることは死にに行くことなんだって。でもだからこそ、陸の上で待っていて欲しい人がいたんじゃないんすか。それがエイミさんだったんじゃないんですか」

「……。そう気づいた時は、なにもかも遅かったよ」

黒木は指輪ケースを見つめて、つぶやいた。悔恨を奥歯で噛みつぶすようにして、苦笑いを浮かべている。

「海の底から戻ってきて、自分が生きていることを実感させてくれるのは、あいつの笑顔だったのにな……」

黒木は笑みを消して指輪ケースを握りしめる。天井の高い広々としたアトリウムに、低く反響する見学客のざわめきが、森に響く鳥の声のようだ。それすらも耳に届かない黒木は、まるで貝殻の中でうずくまるタニシだと無量は思った。

黒木は一度深く溜息をつくと、感傷を断ち切って、無量を振り返った。

「俺のことはどうでもいい。それより何かわかったか？」

無量はプリントアウトした紙を黒木に渡した。

「あの刀の箱書きにあった『アキバツ』というのは、倭寇の若者の名前でした。李成桂と戦って討たれた」

黒木は目を瞠った。

「李成桂？　朝鮮王朝を打ち立てた最初の王か」

そんなビッグネームが出てくるとは思ってもみなかったのだろう。無量はうなずき、内容をつまびらかに語った。

「──そのアキバツと金原家は何か関係があるんじゃないかと思って。家に何か伝わってませんでしたか？」

いや、と黒木は首を振った。

「海賊をやっていたというのは聞いていたが、李成桂に討たれて名を残すほどの奴がうちにいたなんて話は……」

と言いかけて「待てよ？」と黒木が何かを思い出した。

「……李成桂の話は知らないが、松浦党にとても腕の立つ勇者がいたという話なら、聞いたことがある」

それも鷹島に伝わる話だった。元寇で住民のほとんどが死に絶えた鷹島に、ようやく人が住み始めて居着いた頃、松浦党の中に、一際勇猛で人望のある若年にして大将になった人物がいるという話だ。

「その勇者は選りすぐりの仲間を率いて壱岐・対馬へと渡り、そこから大陸を攻めたと。先祖の仇を取るぞ、元も高麗も何するものぞ、と意気旺盛だったらしい。金の刀を帯び、白馬に乗って鬼のごとく敵を倒したと……」

「白馬」

アキバツと同じだ。

「そいつがアキバツだというんですか。なら、金の刀というのは」

それが『対馬様の拝領刀』か？　つまり——。

「やはりアキバツは……黒木さんの先祖」

無量は何かに集中すると、口調からぞんざいさが消え、明晰になる。ちょっと人が変わったような印象になるので、黒木は驚いた。

「けど、不思議です。『アキバツ』という名は李成桂たちがつけたあだ名です。たとえ倭寇の仲間が形見として朝鮮半島から持ち帰れたのだとしても、それを剣の名にするのはおかしい」

「しばらくの間、李成桂のもとにあった可能性もある、と？」

高麗には戦で敵の「器仗」（武器）を持ち帰って王に献上するというならわしがある。戦功の証だ。李成桂がアキバツの剣を持ち帰っていたのだとしたら……？

「そうして、李成桂のもとにあった剣。それがうちの家宝の正体なのか？」

李氏朝鮮の時代に大陸にあったものが、巡り巡って鷹島に帰ってきたというのか？

「でも変ですよね。箱書きを書いたのが黒木さんのお兄さんなら、どこでそれを知ったのか」

その刀がかつて朝鮮半島にあったことを知り得た根拠は？

金原家の人々には「アキバツ」の「ア」の字も伝わっていなかった。どこから「アキバツ」が出てきたのか。

黒木弦は祖母の研究を手伝っていたから、可能性があるとすれば、祖母だが……。

「……そういえば、祖母と一緒に共同研究をしてた人がいる。比奈子が今も親しくしていて、確か壱岐にいると。その人なら何か知っているかもしれない」

段取りをつけるのは早かった。黒木は比奈子に再び電話をかけ、その人が壱岐の博物館に勤めていることを掴んだ。名は松波という。

だが、比奈子によるとだいぶ気むずかしい人物らしく、見知らぬ人間に電話口で気さくに話をするような人間ではないようだ。

「僕がいこう」

気がつくと、背後に忍と萌絵が立っている。

「だったら直接会って話を聞いてくる。なに、博多港からなら高速船で一時間ちょいだ」

「大丈夫なのか？」

「そういう相手には面と向かって話したほうが、気持ちも通じやすい」

「なら俺はもうひとつの用事を片付ける」

と言って、黒木がおもむろに立ちあがった。

「ガレオスに会う」

黒木をライバル視していたトレジャーハンターだ。〝もぐら男爵(バロン・モール)〟と一緒にいた。萌絵がすぐに止めた。

「危険です！　不用意に会ったりしたら、あの男たちに何されるか」

「ガレオスというのは、やつのニックネームで、本名はイ・サンボク。元々は韓国海軍の潜水士で、水中発掘にも従事した。朝鮮王朝の美術品にやたらと通じていた」

え？　と無量たちは目を剝(む)いた。

「あいつらが狙っているのは、もしかしたら、忠烈王(チュンニョルワン)の宝じゃなくて、李成桂(りせいけい)の宝なんじゃ……」

無量は忍たちと顔を見合わせた。しかし刀を海底に埋めたのは黒木の兄だ。家族すらそのことを知らなかったのに、部外者である〝もぐら男爵(バロン・モール)〟たちがどうして知ることができるだろう。

だが黒木は立ちあがってもう行動を起こそうとしている。

「知人経由で奴と連絡を取ってみる。どこかで繋(つな)がるはずだ。エイミが刀を連中に渡したなら、それを取り返す。エイミと一緒に」

「ただで応じる相手とは思えません。作戦を考えましょう」

忍が強く引き留めた。

「彼らが何と引き替えならば、刀とエイミさんを返すのか。十分に探って準備する必要があります。その銀印の正体も含めて、今は『知る』時です」

黒木の逸る気持ちを押しとどめようと、忍は自制を求めて真っ直ぐに見つめている。

黒木は手の中にある指輪ケースを見つめた。

「……。今は『知る』時、か」

むやみに動くのは危険だ。そうでなくても背後にはコルドがいる。

忍の顔つきも戦闘モードだ。売られたケンカは言い値で買うのが、忍の流儀でもある。

そういう意味では、無量よりも好戦的なのだ。

「ともかく壱岐に行ってきます。黒木さんは無量と一旦、鷹島に戻っていてください。

その銀印も一緒に」

忍の言葉に、黒木はうなずいた。

あの刀に何があるのか。今はそれを突き止めるべき時だ。

＊

無量は黒木の車に乗って鷹島に帰り、忍は萌絵とともに壱岐へと向かうことになった。壱岐へは博多港から日に数便の船が出ている。唐津からも行けるが、本数は博多のほうが多い。

午前中は発掘作業が中止になるほど波が高く、何便かが欠航したようだが、この時間は出航するという。博多港へと向かった忍と萌絵は、そこから高速船に乗った。

出港した船の窓から、遠ざかっていく博多港のポートタワーを眺める。反対側の埠頭には巨大な客船も停泊している。たくさんの韓国人や中国人の客を乗せてやってくるクルーズ船だ。

「こうして見ると、博多港は、本当に大陸からの表玄関なんですね」

「この博多湾にも元寇では、たくさんの蒙古軍の船が押し寄せた。あれが志賀島」

忍が右舷前方に横たわる島を指さした。島というが、海の中道という陸繋砂州で繋がっていて、これが玄界灘と博多湾を区切っている。

「あそこにも、蒙古軍は上陸して地上戦をしてる」

「金印が出た島ですよね。『漢倭奴国王』の」

「一世紀というから、日本はまだ弥生時代だね。中国の皇帝は、周辺の国の王に印綬を授けることで、上下関係をきっちりさせていたんだな」

印綬というのは、印とそのつまみにつけた組紐のことだ。印の素材は金銀銅とあり、組紐も階級ごとに色が決まっていた。身分や地位によって印綬の色が違うのだ。

「ここから出た金印、実は捏造したんじゃないかって説があった」

「ええっ」

そもそも金印が発見されたのは江戸時代のことだ。当時の学者が金印を作って埋めたのではないか、という説だ。

「うそ。あの教科書にも載ってたの、贋物だったんですか……？」

「いまは福岡市博物館にあるんだが、詳細に分析してみたところ、どうやら贋物ではなさそうだってわかって、ホッとした、みたいな話を聞いたよ」

捏造、と口にした忍の脳裏に、鷹島での藤枝の辛辣な言葉が甦った。

――その発掘屋の執着が、おまえの祖父の捏造を生んだのだ！

――おまえもいずれ捏造する！

無量に向かって絶対に言ってはならない言葉を、最も憎む男の口から言われたのだ。

無量の屈辱はいかばかりだろう。

「……西原くん、お父さんと会ったって本当ですか？」

太宰府で会った無量がどことなく暗くピリピリしていることに気づいた萌絵は、それが藤枝と会ったせいだと知り、胸中を心配していた。藤枝の毒舌は萌絵もよく知るところだ。

「また何か、ひどいこと言ってきたりしたんですか」

捏造予言のことを話すと、萌絵は「ひどい」と言って絶句した。

「西原くんの火傷の原因、知らないわけじゃないでしょうに……」

無量の心の傷を抉るような言葉だ。許せない、と青ざめた顔で拳を震わせている。

「あんな人、西原くんのお父さんを名乗る資格なんてない。あまりにも無責任すぎる」

「……僕にも真意がわからない。というか真意なんかないのかも」

藤枝のあれは挑発なのだろうか。それとも、ただの性分なのだろうか。

萌絵は頭をカッカとさせながら、

「ヘイトを垂れ流して、人から非難されてもいっこうにこたえない人って、ホントにいるんですよ。一種のサイコパスですよ」

「そう、なのかな……」

忍も藤枝の真意は測りかねているが、ただ悪意で言っているならば、わざわざヒントをくれたりするだろうか。

――ゲームなんだよ……。

鷹島から太宰府に向かう車中で、無量は言っていた。

――助け船なんかじゃない。あいつは俺たちをゲームの盤上に乗せて、高みの見物してるだけなんだ。あいつのお眼鏡にかなうかどうか。

見込みのない人間は徹底的に切り捨てる。その精神で、藤枝は無量の祖父も「切り捨てた」。

――利用価値がなくなったからだ。利用だったんだ、母さんとの結婚も。西原瑛一朗の娘婿っていう、権威の飾りで、自分を箔付けしたかっただけだ。だから捨てた。

無量は延々と藤枝への呪いを吐き続けた。吐いても吐いても、吐き足らないというように。それは捏造騒動の起きたあの日から、無量の中に溜まり続けた毒だ。そう、忍には思えた。

吐き尽くすだけ吐くと、苦しそうに黙り込んでしまう。助手席の無量は気むずかしく傷つきやすい少年そのものだった。怒りをもてあまし、自分の毒で自分を窒息させる。祖父の凶行は虐待と呼ぶしかない。身近な世界から恐怖を叩き込まれた無量は、父親を憎むことを杖にしてやっと立ちあがったのだろう。それだけが燃料でもあったのだ。

船が博多湾を出て、外海である玄界灘に出ると、急に波が高くなってきて、揺れも大きくなり始めた。高速船の蹴り立てた波が砕けて飛沫をあげる。

高い波に逆らって進む船に、忍は無量を重ねている。

「あの人はたぶん、無量が自分で超えなければならない壁なんだろう」

「……」

萌絵も心配そうに、窓の外を見た。荒れる海は無量の心のようだ。

船体はピッチングとローリングを繰り返す。船には強い萌絵も、延々と続く揺れに心身を削られる思いがする。

この荒波を乗り越えて、海を目指した古の人々は、何を信じて船に乗り込んだのだろう。いったいいくつの波を、かき分けていったのか。

何百年という時間を経て陸上の風景はおそろしく変わったが、海上の景色だけはおそらく呆れるほど当時となんら変わらない。古の人々と同じ航路をたどって、高速船は壱岐を目指す。

*

無量と黒木は寡黙だった。太宰府から鷹島に戻る車中も、それぞれに心の中で想うことがあり、ほとんど黙り込んでいた。

行く手に唐津湾が見えてきた時だった。ようやく黒木が口を開いたのは。

「何かあったのか……？」

無量の様子がいつもと違うことに、黒木も気づいたのだろう。無量は、どこか投げやりな調子で答えた。

「離婚した父親と十何年ぶりかで会ったんす」

「藤枝教授か。筑紫大の」

「知ってたんすか」

「交易史やってるひとだろ。沈船発掘やってれば、名前くらいは聞く」

世界の海で活躍する黒木の耳にも届くくらいだ。東アジア史における藤枝の名の大きさが、無量には苦々しくもある。

「学界でどれだけ名をあげてようが、ろくでもない奴ですよ」

「恨んでるのか……？」

問いかけられて無量は黙った。海にそびえ立つ岩を眺めていたが、やっと答えた。

「……恨んでる、と思うのもこっちが弱いみたいでイヤなんです。あんなやつから弱い者扱いされるのもごめんだ。ただひたすら嫌いなだけです。嫌悪ですよ」

黒木は深く訊ねてこようとはしなかった。黒木自身も父親への反発から、実家とは距離を置いている。その父親も数年前に亡くなっていた。

「徹底的に戦えばいいよ。逃げるのが一番よくない。おまえが選んだ道なんだから、戦って戦って意地でも親父に勝てよ」

「黒木さん……」

「親ってやつは、いずれ先に老いて死ぬ。老いて小さくなった親に勝っても、淋しいだけで、虚しさしか残らない。弱くなった親と和解したところで、おまえの悔しさが成仏できるかはわからん。だったら、おまえの親父が憎むべき強敵であるうちに倒すしかない」

その言葉の裏には、自らの経験があるようだった。

無量は反芻して考え込んでしまった。——藤枝を、倒す……。父親を。

「なに。これも戦う機会を逸したおっさんからの、おせっかいだと思ってくれ」

若い無量にはあの尊大な藤枝が、老いて気弱になった姿など、想像もつかないが。

「……あいつだけはいくらよぼよぼになっても、死ぬまでイヤミなクソジジィですよ」

無量の反骨心が小気味よかったのだろう。黒木は苦笑いした。

「それよりその銀印、黒木さんが持ってること、あいつらにバレないようにしないと」

そうでなくとも、潜水チームには彼らに情報をリークした者がいる恐れがある。

誰なのかはいまだに摑めていないが。

「そいつは、ゆうべの俺の話を聞いて、あの剣が『忠烈王の剣』ではないと知り、連中に伝えたはずだ。無用の長物だとわかったなら、エイミも剣のほうを返しにきたはずだろう。だが、そうならなかった」

「伝わってないってことですか？」

「剣を返さずにこの銀印を持ってきた……。剣はすでにエイミが持ち出せないところにあるのかもしれない」

「やっぱり、連中の本当の目的は『アキバツ』がらみだと？　なら銀印は」

「この銀印と一緒でなければ、あの剣は、素性を証明できないのかもしれん」

唐津湾の海岸線にある美しい松林を見つめ、黒木は言った。

「だとすると、必ず連中は取り返しにくる。どんな手を使っても」

「だったら、なおさら隠し通さないと」

「そのことで、俺にひとつ考えがある」

黒木は信号の手前で車を停め、無量に言った。

「協力してくれるか」

＊

「どこに行ってたんだ、黒木！　一言も断りなしに」

宿舎に戻ってきた黒木と無量を、チームリーダーの司波が叱り飛ばした。

もう夕方だ。この日は作業中止で終日待機だったとは言え、休暇ではない。連絡も付かなかったので司波は立腹中だった。それに関しては平身低頭、詫びるしかない。

「金の刀を……第二調査区の遺物を取り返すために出かけてた」

「取り返すって……ハンの身内と会ったのか？」

黒木は車のキーを返して、司波に経緯を打ち明けた。そしてメンバー全員を集めてくれるよう、頼んだのだ。

招集を受けて、全員が食堂におりてきた。入院中の緑川を除く潜水チーム七名だ。司波孝、灰島浩司、白田守、赤崎龍馬、東尾広大、そして黒木と無量。

広大はふくれっ面だった。

「ひとには整理作業さぼんなゆーといて、自分はちゃっかり太宰府天満宮でお参りデートかいな」

無量がふと怪訝な顔をした。

「なんや？　その顔」

「別になんでも」

「全員揃いました。司波さん」

　と最後に入ってきた灰島が食堂の扉を閉めた。

「黒木が皆にちょっと見てもらいたいものがあるそうだ。こっちのテーブルに集まってくれ」

　一番前のテーブルに顔をつきあわすようにして座ったメンバーの前に、黒木がおもむろにさしだしたのは例の銀印だった。あろうことか黒木は、隠しておくべき銀印を皆に自分から見せたのだ。

「パスパ文字の銀印なんだが、意見をもらいたい」

　初めて見る五人は興味津々と言った具合で、身を乗り出してきた。シャカさんこと赤崎が言った。

「指輪にするには、ずいぶんでかいな。これは海から出たもんかい？」

「いや。どこからかは不明だ。出土品かもしれない」

「図書（としょ）を思い出させるが……」

　と赤崎がルーペ越しに見て言った。図書というのは、朝鮮王朝が日朝間を通交する者に与えた銅製の私印だ。通交者本人の名前が刻まれていて、通交する際に持たされる外交文書に捺印（なついん）され、これを現地で照合することで許可を受けた。

「でも、パスパ文字か……。年代が早すぎるな」

パスパ文字は元の王朝でのみ使われた文字で、明の時代になってからは急速に使用されなくなったとされている。朝鮮王朝の始まりは、元が滅んだ後だったから、朝鮮王朝が発給したとは考えにくい。

「高麗とは表向き、日本との交易はなかったことになってるからな。こんな通交印を出すとは思えない」

「パスパ文字で書かれてるってことは、対高麗でなく、対元なんじゃないですか」

「元も私貿易は許してなかったはずだしなあ」

「まあ、博多で出たパスパ印の指輪も、用途不明ですしね……」

「しかも銅印でなく銀印か……」

「加工してるね。もともとは方形で鈕もあったんじゃない？」

皆が頭を悩ませている姿を、無量は少し離れたところから見つめている。

――この中にリークした者がいるなら、必ず、この銀印を見て行動を起こすはずだ。

黒木があえて銀印を皆に見せたのは、それを待つためだった。

――注意深く観察しろ。きっと動く。

「このパスパ印は、おまえんちの刀の箱書きに捺されていたのと同じなんだろ？　あの箱書きをおまえの兄貴が書いたなら、おまえの家にあったってことじゃないか」

司波の指摘に、黒木が答えた。

「もしかしたら剣と一緒にあったものかもしれない。それを誰かが持ち出したのか」

「エイミくんが、か？」

司波もエイミを知っている。同じ大学の研究室にいたという繋がりもある。

「……いや、それはない。エイミは寺に来たかもしれないが、箱には触れられなかった。住職もその家族も、その日、収蔵庫は開けていなかった」

「そもそも箱書きには日付もなかったんだろ？」

司波の言葉に、黒木はうなずいた。

「そう。あれを記したのは兄貴でない、ということもあるわけだ」

「刀は鷹島にあり、か。その箱書きはおまえの兄貴が書いたって前提があったから、おまえも兄貴が刀を海に埋めたと思ったんだろ？」

「兄貴じゃなかったら……、一体、他に誰が」

お手上げだ、というように黒木は天を仰いでしまった。

「せめて、この銀印が何なのか、それさえわかれば……」

だが結局、銀印の正体を解き明かせる者はいなかった。

話はそのまま保留となり、全員解散となった。各々の部屋に戻っていくメンバーたちを、無量は注意深く観察している。黒木がやってきて問いかけた。

「どうだった？　不審な反応をした者はいたか？」

「いえ。いまのところは。……でも」

無量は冷静な眼差しで、皆が去った入口を凝視している。

「そいつは必ず動くはずです。必ず」

＊

忍と萌絵を乗せた船が、壱岐に到着したのは、夕方五時近くだった。

表玄関にあたる郷ノ浦港に降り立ったふたりが車で向かったのは、壱岐市立一支国博物館だ。まだ建てられて間もない建物には、長崎県の埋蔵文化財センターも入っていて、ふたりが会おうとしている人物は、ここに勤めていた。

「松波さんですか？　ああ、今日は現場です」

「現場？」

「原の辻遺跡の近くで、発掘調査中ですよ」

職員はそう答えた。原の辻遺跡というのは、壱岐にある史跡だ。弥生時代の大規模集落の痕跡があり、今は建物などが復元整備されて、大きな遺跡公園となっている。

今日は現場からそのまま帰宅する予定だというので、ふたりはすぐに車で向かった。

「原の辻遺跡って、国の特別史跡になってるところですよね。弥生時代の王都と言われてる」

「ああ。『魏志倭人伝』にも記されてる一支国の都じゃないかっていうやつだ」

邪馬台国と同時代の貴重な弥生遺跡だ。車の行く手に、大きな木製櫓が見えてきた。広々とした田園の真ん中に、緑の丘が広がり、そこにいくつもの茅葺き屋根の壁立住居が点在している。

萌絵も驚くほど、大きな建物だ。

「吉野ヶ里みたい……。壱岐すごいですね」

邪馬台国の候補地と言われる吉野ヶ里遺跡にも、負けていない。大引貫高床式の主祭殿や蔵は、出雲などで見られる大社造や正倉院を彷彿とさせる。

周囲は大きな環濠で囲まれ、発掘現場はその外側の休耕田で行われていた。

「すみません。こちらに松波さんとおっしゃる方はおられますか」

片付けを始めている作業員を呼び止めて、萌絵が問いかけた。すると、奥にあるプレハブの調査小屋から日焼けした年配男性が現れた。

「私が松波ですが」

作業服をまとい軍手をはめ、首にはタオルをまいている。発掘調査に携わる者らしい出で立ちだ。胸には「松波昭二」というネームプレートをつけている。日焼けした肌に白髪交じりの短髪も、いかにもベテランの風情だった。

「先ほどお電話をさせてもらった亀石発掘派遣事務所の相良です」

差し出した名刺を松波はじっと見つめている。警戒気味なのが、態度からありありとわかった。

「後片付けを終わらせますので、少し待っていてもらってもいいですか」

「もちろんお待ちします」

現場の作業が終了し、作業員や調査員が帰って行くのを見計らって、松波が調査小屋にふたりを招いた。扇風機だけがまわる蒸し暑いプレハブには、作業予定表や現場の測量図が広げられている。松波に勧められて椅子に腰掛けた。

「金原清子さんの話が聞きたいそうだが……？　いったい何を調べているんだね？」

黒木の祖母の名だった。詰問口調だ。

松波は露骨に警戒している。忍は、言葉を選んで話を進めた。

「金原家に伝わっていた刀剣について調べさせてもらってます」

「……なんのために東京の発掘事務所の人がそんなものを調べてるんだい？」

松波がますます態度を硬化させたのを見てとって、忍はそのわけを読み取ろうとした。

黒木の祖母と共に元寇に関して調べていた共同研究者だ。「対馬様の刀剣」の話を持ち出した途端、あからさまに警戒している。

萌絵も困惑している。忍は腹をくくって、ここまでの経緯を全て包み隠さず打ち明けた。話を聞いた松波は驚いていたが、少なくとも忍たちが黒木の気持ちを汲み取って遺物奪還のために動いているのを知ったのだろう。

しばし考え込んでいたが、

「とりあえず、うちに行こう。話はそこで」

いうと、松波はプレハブ小屋を出て、車に向かった。忍たちも顔を見合わせ、後についていった。

松波の自宅は、筒城浜の近くの集落にある。

白砂の浜辺が美しい、景勝地として知られている。近くには壱岐空港があり、離発着する飛行機が低空で、赤い瓦屋根のすぐ上を飛んでいく。

ふたりは松波の書斎に招かれた。

たくさんの本が書棚に収まりきれず、床に積んである。一見雑然としているが、無節操な感じはしないところが、研究者の書斎らしい。窓からは海岸の松林が望めた。

藤枝教授が言っていた「元寇捕虜について調べている壱岐の研究者」というのは、どうやら松波のことのようだ。

「この壱岐も元寇では戦場になった島でね」

松波は机の上を片付けながら、言った。相変わらずニコリともしない。気むずかしいとは聞いていたが……。

「迎え撃ったのは壱岐国の守護・平景隆という人物で、樋詰城を本拠地に蒙古軍と戦ったんだが、たった百人ばかりの軍勢では太刀打ちできず、自害して果てた。島民の多くも死に、生き残ったのはほんの六十五人ほどだったそうだ」

平景隆の墓や犠牲になった島民たちを供養する千人塚が、壱岐にはある。

元寇で押し寄せた船の碇石(いかりいし)も見つかっている。

「壱岐の住民は、ほとんどが元寇後に移住してきた者の子孫だが、実はうちの先祖は、その時生き残った六十五人のうちのひとりだったそうだ。隠れ穴に潜んで命拾いした」

「もしかして、元寇について研究をしているのも」

「ああ、それがきっかけだ。長崎県の専門職員として県内の発掘調査を請け負ってきた。金原清子さんとは郷土史発表会で知り合って、意気投合した」

松波は書棚に本を返し始めた。研究論文を載せた冊子が並んでいる。

「うちは元寇の生き残り。金原さんところは捕虜だったがね。その子孫はどちらも、どうやら海賊になって大陸に出ていったらしい」

「海賊……。倭寇ですか」

松波は答えずに書斎から出ていってしまう。忍たちが当惑していると、ほどなく戻ってきた。その手にあるのは、仏壇からおろしてきた小さな銅製の仏像だ。

「高麗仏だ。忠定王(ちゅうていおう)二年に作られたと記されている。海賊だった先祖が、持ち帰ってきた物品の一部だろう。その他にも、高麗製の器なんかが伝わっている」

忍と萌絵は複雑な思いで、穏やかな顔をしている仏像を見た。

「やはり倭寇の……」

「元寇で多くの島民が殺されたのも事実だが、海賊となって向こうの国で略奪や誘拐を行ったのも事実だ。だから、私はどっちか一方だけ責めることはしない。どんなにひどい目に遭ったかを訴えてもいいのは、当事者だけだ。先祖が被害者であることに乗っかって、声高に主張するのもおかしな話だ」

松波は元寇の話に重ねて、いまの風潮を言っているようにも忍には聞こえた。

「人間は自分がやられたことばかり訴えたがり、害を加えたほうであることには目をつぶりたがる。非のない被害者は『正しい』存在であり、その『正しさ』に対して誰にも何も侵害できない。被害者は弱い立場だが、その一方で、加害者を責められる、優位を認められるという物事の一面があるからだ。そして、第三者がその『正しさ』に乗っかろうとする時、ひとは『正しさ』の魔力に取り込まれている。叩いてもいい物事に飛びつくのは、それに酔えるからだ。叩けるほうにつくことで、自動的に強い者になれるからだ。当事者の苦しみとは別のところで、誰にも文句がつけられない『正しさ』に乗っかって『絶対安全』なところから他人を非難しはじめる」

松波の口調は、静かながら熱がこもっていた。

「……そういうのが嫌でね。元寇のことを語ろうとする時、なぜか、必ずそういう輩が湧いてくるのを何度も見てきた」

「確かに、害を加えたほうはすぐに忘れようとするから、害を被ったほうが記憶を残そうとしないといけません。でも相手がぐうの音も出ない弱みにつけこんで叩けば、ただの暴力だ。とりわけ国と国のことになると、ひとの心はいともたやすく偏る」

「加害者の弱み、か……」

高麗仏は穏やかに微笑んでいる。

松波は深い眼差しで見つめた。

「……これだって、本当は誰かの家を焼いて持ち帰ってきたものなのかもしれない。その一方でもう何百年もの月日、先祖代々、朝な夕なに拝んできた仏様なんだ」

愛着の深さを滲ませて、松波は言った。

「とても大切な仏様だ。もしある日突然誰かに盗まれて、その泥棒が持ち込んだ家の者に『先祖の持ち物だったから返さない』だなんて一方的に言われたら、それはおかしいと、誰だって思う」

「………。絡んだ糸は、順番にほどいていかなければ」

それを受けて、忍が冷静に答えた。

「大英博物館の例を持ち出すまでもなく、所謂、昔の略奪美術品に対する返還請求は、実現が難しいものです。いくらユネスコが文化財の原所有国保存を唱えても、第二次大戦の略奪文化財返還と同じようには進まないでしょう。……だからと言って、目の前で盗難に遭ったものが返されないというのは、道理に合わない。窃盗犯の罪をまずは裁き、盗難品はあったところに一旦戻して、その上で改めて返還請求があるというなら、当事者同士で協議すべきです。僕はそう思いますが」

対馬での仏像盗難事件について言っている。盗まれて韓国に持ち込まれた仏像の所有権を巡って「倭寇に略奪されたもの」だとして韓国の寺院が訴えた。それに対して韓国の裁判所が、対馬の寺へ返すことを拒否する判断を下していた。

「まあ、確かに。一度日本に返してしまったら、返還請求が通る可能性が低くなるから、返さない……というのは、気持ちはわかるけれど」

忍は眉を下げて言った。

「このやり方は遺恨しか残らない。日本と韓国が逆の立場になってたとしても、そう思います」

「倭寇に遭ったのが本当だったとしても、対馬の寺にある経緯は、もっと複雑かもしれん。これでは元々の所有者が満足しても、盗まれて持って行かれたほうの気持ちには〝こじれ〟しか残らない」

松波は途方にくれたような溜息をついた。

「時価数億円はするという貴重な仏像でなければ、ふつうに持ち主のもとへ戻ってきたんだろうか」

「裁判にすれば、どうしても勝った負けたの問題になってしまいますからね」

忍は遠い目になって、窓の向こうを見た。

「倭寇という過去があったのだという歴史を踏まえて、仏像の由来がお互いの交流に繋がるような、そういう方向に持って行ければいいんでしょうけど」

忍が自分と同じ意見を持っていたことを知って、どうやら心を開いてくれたらしい。松波は初めて苦笑いを見せ、口調も柔らかくなった。

「すまないね。対馬での盗難事件があってから、文化財のことを聞いてくるよその人には用心深くなってしまってね」

「窃盗団のことですか」

「この壱岐にも大陸から渡ってきた古い仏像がいっぱいあるもんだから」

　警戒していたのは、そのせいだったらしい。

「突然押しかけて、こんなことを訊(き)くこちらが悪いんです。すみません」

「わざわざこんな遠くまで」

「近いほうです。そちらの写真は、もしかして松波さんの若い頃ですか」

　書棚に飾られた写真立てを見て、忍が言った。年配の男女と一緒にいる、ポロシャツの若者が松波だ。三人がいるのは、どこかの神社だ。年配の女性に見覚えがある、と萌絵は思った。そうだ。金原家で見た遺影だ。

「こちらの女性。黒木さんのお祖母(ばあ)さん……金原清子さんですか」

「ああ、もう三十年以上前の写真だな」

「もうひとりの方は」

「共同研究者だった諸橋(もろはし)さんだ。私の大学の先輩で元寇研究を手伝わせてもらってた」

　懐かしそうに言って、松波はふたりに向き直った。

「……金原さんちの刀剣の話だったね」

「はい。あの刀剣が『アキバツの剣』と呼ばれていたこと、ご存じですか」

「箱書きを見たんだね」

忍と萌絵は、こくり、とうなずいた。

「アキバツというのは、高麗史にも載っていた李成桂が討った倭寇の若者ですね。あの剣に、なぜ、その名がついていたのですか。あの刀の由来は一体」

「……アキバツの剣は、対馬の宗氏が所有する刀剣だった」

「え？」

とふたりは声を詰まらせた。唐突に、話が逆戻りしたような気がしたからだ。ふたりは顔を見合わせ、萌絵が問いかけた。

「あの、それは『対馬様の刀剣』という名からですか。でもそれは―」

高麗軍の将校だった金原の先祖が、松浦党に入る時に「対馬小太郎から授かった」と偽ったところからついた名だったはずだ。

「いや。間違いなく『対馬の宗氏』が持っていた刀だ。但し、元寇の時ではなく、豊臣秀吉の朝鮮出兵の時に」

「なんですって。それは一体」

松波は手にしていた仏像を、机に置いた。そして椅子に腰掛けた。

「十六世紀末。当時、対馬は宗義智が国主だった。朝鮮出兵の先鋒として、舅である小西行長とともに兵を率いて戦った人物だ。文禄・慶長の役、そのどちらも参戦した」

後の、初代対馬藩主だ。宗義智は秀吉から朝鮮王朝との交渉役に任命されていた。が、明の征服に意欲を燃やす秀吉と、明の冊封国である朝鮮との間で板挟みになり、結果的に交渉は失敗。出兵せざるを得なくなった。

「その義智も、秀吉の死により撤退を余儀なくされた。その撤退中、敵の術中に陥り、危うく討たれそうになったらしい。そんな彼を救った者たちがいたという」

「敵国の人たちが、義智を……？」

「投化倭人を先祖に持つ武将だった」

とうかわじん……？　と萌絵が繰り返した。

解説をしたのは、忍だった。

「高麗や朝鮮は、暴れまくる倭寇をなんとかしようとして色んな懐柔策を打ち出した。それにしたがって、朝鮮半島に棲みついたひとたちのことだ」

元倭寇の首領級に土地や家財を与えて、優遇したという。

妻まで娶らせた者もいる。

医者や船大工や銅の鋳造などの技術者も、わざわざ渡航してきて、投化倭人となる例も多かったようだ。中には、高い位を得て政府の要人になる者までいた。

「義智は戦傷を負っていたが、その投化倭人の末裔に助けられたんだな。覆面の武将は身分を明かさなかったが、義智が対馬の国主であることを知っていて助けたらしい。義智に、日本と朝鮮がよい関係になるよう働いてくれ、と言い残したと。義智が恩義を感じて自らの帯刀していた小太刀を差し出すと、その者も剣を差し出したという」

「まさかそれが」

「『アキバツの剣』だ」

萌絵と忍は、ごくり、とつばを飲んだ。

「覆面の武将はこう言った。『頼みがある』『この剣はアキバツと呼ばれた日本の武将の物である。故郷は鷹島。我らはアキバツの血をひく者である。この刀はアキバツの魂。アキバツが帰れなかった故郷の地にこの刀を返してやってくれ』……と」

「つまり子孫？　アキバツは死んだのでは」

「どうやら生き延びていたらしい。李成桂に討たれたと伝わっているが、彼は生きていた」

殺さず、密かに生かしていたのだ。

しかも、李成桂の遠縁の娘まで、めとらせて。

宗義智を助けた敵武将は名も明かさなかったが、身分の高い出で立ちだった。李成桂はおそらくアキバツを自分のもとに置いたのだろう。美しく勇猛な異国の少年をそばに置き、自らの近衛隊として育てたのだ。

そんな想像をして、萌絵の胸は高鳴った。

李成桂がアキバツを拾ったのが、十四世紀末。西暦一三八〇年。

それから約二百二十年後。

朝鮮出兵が終わり、宗義智が帰還したのは、一五九八年のことだった。

「そうして宗義智は帰ってきたんですね。『アキバツの剣』を携えて」

「そうだ。その刀がアキバツのものである証拠に、剣の茎部分にある文字が刻まれているという」

茎とは、剣の付け根。柄にさしこむ部分のことだ。

作刀者が剣の銘を刻むところでもある。

「文字とは」

松波はおもむろにボールペンを取り、メモ用紙に達筆な文字で記した。

〝右軍都統使 李将軍授阿只抜都武運〟

こう刻まれているという。

「右軍都統使というのは、李成桂が遼東に出征した時に任命されたものだ。アキバツと出会った八年後にあたる」

「〝李将軍がアキバツに武運を授ける〟……か。つまりアキバツも従軍してたってことだな」

「やはり生きていたってことですよね……」

そのアキバツの子孫が巡り巡って、対馬の宗義智と出会い、義智の命を救って、先祖の剣を預けたということか。

「そうして鷹島に返ってきたというのですか。金原の家に」

「いや。話はそんなに簡単じゃない。すぐに戻されることはなく、しばらくは対馬の宗氏のもとに止め置かれた。やがて徳川家康が幕府を開くと、宗氏は朝鮮との通交を回復するための交渉役にされた」

宗氏の努力が結実し、朝鮮からの通信使が派遣されることになったのだが。

交渉は簡単にはいかなかった。李氏朝鮮は徳川幕府の要請を受け入れるための条件を出してきたのだが、またしても朝鮮と幕府の板挟みにあった義智は、その解決のために国書を改ざんするという荒技に出たのだ。

幕府の文書も朝鮮側の文書も改ざんし、嘘に嘘を塗り重ねながらも、どうにか事を着地させ、両国に貿易協定（己酉約条）を結ばせることに成功した。危うい綱渡りだった。

「だが、問題はそこで終わらなかった。後に、対馬藩の家老が、国書改ざんを幕府に告発したのだ」

柳川調興という人物だった。藩主・宗家と対立していたとも、旗本独立を目指していたともいう。対馬藩は危うい立場に立たされたが、仙台藩主・伊達政宗らの支持も得て、どうにか無罪を勝ち取った。一方の家老は、津軽に流罪となったという。

一連の事件は、後に「柳川一件」と呼ばれた。一六三五年。三代将軍・家光の時代のことだ。

「対馬藩としては、めでたしめでたしでは……。でもそれとアキバツの剣にどんな関係が？」

「柳川の一派はよほど悔しかったんだろうな。最後の最後で、幕府に対して、もうひとつ告発をした」

「告発？」

「それがアキバッの剣だ」

松波は机に肘をのせて、裁判官のような口調で言った。

「藩主と対立していた一派は、宗氏のもとに『アキバッの剣』があることを知っていた。彼らは、李成桂の名の刻まれたその剣が、宗氏と李氏朝鮮とが裏で繋がっていた証拠だと讒言したんだ」

「なんですって」

「朝鮮出兵の際、宗氏が李氏朝鮮に寝返って日本軍を陥れたと、ありもしない告発をしたらしい。対馬藩は朝鮮の手先となって、貿易で幕府に不利な条件をつけようとしていると。真偽を確かめるべく、幕府方は密かに、対馬へと隠密を放った」

「つまり間者というか……工作員的な」

「そうだ。これにいち早く気づいた宗氏は、刀剣を隠すため、信頼のおける中間に急いで預け、島から離れるよう指示したそうだ。中間は夜、密かに博多に向かう商船に乗り込んで、対馬を離れたのだが……」

「離れた、が……？」

「行方知れずとなった」

え？　とふたりは意表を突かれて、思わず声を発した。

「待ってください。行方知れずになったって……」

「嵐でその船が沈んだらしい。博多には着かなかったと……」

「では刀剣はどこに？」

「話の通りなら、海の底だ」

「いやでも、金原家にあったはずです。息子さんもその目で見ているし」

「あれは本物の『アキバツの剣』ではない」

松波は重々しい口調で、告げた。

「似せて作ったもの。レプリカだ」

忍と萌絵は驚いた。

困惑して、顔と顔を見合わせてしまった。

「そのレプリカはいつ作られたものですか」

「金原家が豪商だった頃だ。明和年間と記録があったそうだから、江戸時代中期。一七六〇年頃か。金原家は伊万里の陶器商人として儲けて、大変な豪商だったんだよ。聞いていなかったかい？」

忍たちは初めて聞く。金原の本家は、鷹島で漁師をやっている。松浦党と聞いていたので先祖代々、船の仕事をしているのだと思い込んでいた。商家をしていた様子は見る限り、感じられなかったが……。

「昭和に入って、才覚のない当主が身を持ち崩したせいで、大変な借金を抱え込むようになったとか……。伊万里に大店を構えていたが、すべて人手に渡して、金原家の出身である鷹島に戻ってきたそうだ」

戦前の話だ。景気もすこぶるよく、あちらこちらから商売話をもちかけられて手を広げた挙げ句、切り盛りできなくなって潰してしまった。

「馴染みの窯元さんもたくさんあったというが、買付代金を払えなくなって、一文無しになったとか。そうそう。黒山窯さんも昔馴染みだったと言っていた」

黒木の実家のことだ。両親は見合い結婚だったというが、どうやら元々は、窯元と陶器商人という間柄だったらしい。

「そんなことになる前だ。豪商で羽振りがよかった頃に、古文書に伝えられてきた幻の刀を、残されていた精細な記録絵を頼りに、模造した。家宝の刀剣の模造刀を作ったんだな」

「まさか、それが黒木さんちの『対馬様の刀』……」

無量が海底で発見した刀剣だということか。

あれはレプリカだったのか。

でも待ってください、と忍がすかさず口を挟んだ。

「それではあの箱書きの意味がわかりません。『アキバツの剣』はそれより百年も前に、海に沈んで失われたはずです。金原家の人たちはその刀が朝鮮で『アキバツの剣』と呼ばれたことすら、知り得ないはずでは」

「ああ。実は、金原家は戦前、店がつぶれて暖簾をおろそうとしていたころ、借金返済にあてるため、その刀を骨董商に売りに出したんだそうだ」

「レプリカを、骨董商に？」

「少しでも高く売ろうと悪知恵を働かせた当主は、レプリカであることを隠し、それが本物の元寇刀であると嘘をついて骨董商に売りつけた。証明する物もあったので、骨董商は信じたのだろう。破格の高値で買い取ろうとしていた矢先のことだ。そこにたまたま、見知らぬ客が入ってきたんだそうだ」

　松波の語り口に引き込まれるように、ふたりは耳を傾けた。

「その客は、取引中だったそのレプリカ刀を見て、一言こう言ったそうだ。『これはアキバツの剣じゃないか』と」

「その客が、ですか」

「店主がどういうことかと訊ねたら、その客は『これとそっくりの刀を見たことがある』と言い出した。それは『アキバツの剣』と呼ばれていて、鷹島の神社にあると」

　忍と萌絵は、ますます怪訝な顔をした。

「そのひとは見たんですね。鷹島で」

「……たぶんね。更にしげしげと刀を見て骨董商に忠告した。『この刀は本物でないから、買わないほうがいいよ』と。骨董商は当主を問い詰め、似せて作られたレプリカであることを白状させたそうだ」

結局、レプリカとばれた刀剣は売れなかった。そのまま金原家に残されたのだ。

「その店を潰した当主というのが、金原清子さんの、父親だ」

「つまり、黒木さんのひいおじいさん……」

典型的な馬鹿息子だったようだ。金原家は困窮し、借金返済のため、貧しい暮らしを余儀なくされた。やがて戦争に突入し、終戦を迎えると、清子は教員を目指して、働きながら奨学金で夜間大学に通い、三十を過ぎた頃、やっと教員免許を得たという。

「苦労人だったんですね……」

「だが勉学に対する意欲は旺盛だった。特に自分のルーツを探ることに関心が深かった。清子さんは本物の『アキバツの剣』がどこにあるのか知ろうとして研究を始めた。教師をする傍ら、精力的に探し回って、とうとう、対馬藩で家老を務めていた家の者と出会うことができた」

その人物が知っていた。対馬藩に伝えられた「アキバツの剣」と呼ばれる刀剣のこと。数奇な運命をたどった刀剣の物語を。

清子は興奮しながら語りに聞き入ったという。

李成桂と戦い、命を救われた投化倭人アキバツのこと。

その剣を載せた船は沈み、いまどこにあるかも、定かではないことも。

「いま私が語ったことは、全て、家老家の子孫から伝え聞いたことだ」

――アキバツの剣ならば、鷹島の神社にあるよ。

今となっては誰とも知れない骨董屋の客の一言が、清子の心に焼き付いていた。

それが本当ならば、対馬家から持ち出した中間(ちゅうげん)は、生きて、この鷹島にやってきていたことになる。清子はその言葉を手がかりに鷹島中の神社を調べたが、それらしき刀剣はいっこうに見つからなかった。

「やむなく清子さんは、大切な手がかりの言葉が忘れ去られないよう、自ら、レプリカの箱に、箱書きをしたためたそうだ」

そうだったのですね、と忍はうなずいた。ようやく腑(ふ)に落ちた。

〝アキバツ　ノ　ツルギ　ハ　タカシマ　ニ　アリ〟

「あの文章を記したのは、黒木さんのおばあさんだったのか」

「だが、対馬家の人間も、まさかあの刀が、元寇刀だとは思わなかっただろう」

それを知るのは、金原家の人間だけだからだ。

「つまり、〝アキバツの剣〟は……金原家が〝対馬様の刀〟だと偽った元寇刀。金原の先祖は高麗の将校。その将校に刀を授けたのは金方慶(キムバンギョン)。……その金方慶に金の柄(つか)の剣を授けたのは、忠烈王(チュンニョルワン)」

「そうだったのか⁉」

「はい。最近、韓国で見つかった金方慶の書状が証拠です。そこに記された剣の特徴が、鷹島沖で見つかった金原家の刀剣とそっくりだったんです」

忍が明晰(めいせき)な眼差(まなざ)しで言った。

「金方慶（キムバンギョン）の刀は、忠烈王（チュンニョルワン）が授けた刀だった。つまり〝忠烈王の剣〟と〝対馬様の刀〟と〝アキバツの剣〟は、どれも名前は違うが同じ一振りの刀剣を指しているということか……！」

忍は萌絵と顔を見合わせてしまう。

そう。三つの名を持つ、一振りの刀剣だ。

しかも、無量たちが見つけたものは、レプリカで――。

本物はどこかの海に沈んだまま、行方不明になっている。

「ひとつ疑問があるんですけど」

横から萌絵が言った。

「レプリカ刀を骨董商に売りつけようとしたとき、元寇由来の刀である証拠もあった、とおっしゃったのは、どういう意味ですか。証拠とは何です？　古文書？」

「金原家には代々、刀剣と一緒に伝わってきたものが、ふたつあった」

「刀剣と一緒に？　刀剣だけではなかったと？」

「……ひとつは、銀印だ」

あ！　と萌絵と忍は声を出しそうになった。

「銀印とは……パスパ文字の、ですか！」

「そうだ。高麗の武将だった先祖が、金方慶から授かった刀と一緒に持っていた銀印。

その銀印を伝えているということが、刀剣の持ち主である証拠だったんだ」

刀剣のほうは、後に松浦党の首領となった子孫が代々、帯刀していたという。

しかし、その刀剣はいつの頃にか、なくなってしまった。

失われた理由がアキバツのせいなら、辻褄(つじつま)が合う。アキバツが李氏朝鮮に投降し、投化倭人となったなら、長く金原家にはなかった理由も説明できる。

金原家から「忠烈王(チュンニョルワン)の剣」が長く失われていたのは、アキバツが持って朝鮮半島に攻め込んでいったまま、帰ってこなかったからだ。

残されたのは「忠烈王の剣」の姿を忠実に描き写した、古文書だけだ。

その古文書の絵を忠実に再現して、江戸時代にレプリカを作った。

「金原家にとって、銀印と剣は、ふたつ揃ってひとつ。彼らの出自を示す大事な宝だったんだ」

その言葉で、忍たちには理解できてしまった。

〝もぐら男爵(バロン・モール)〟たちのもとにいたエイミが、銀印を託した理由は、それか。

「でも銀印は金原家にあったんですよね。松波さんはご覧になったことは」

「あるよ。銀印は指輪にされていた。歴代当主が指にはめていたと聞く。清子さんが大切に保管していたはずだ」

「それがなぜ、エイミさんのもとにあったんだろう」

清子の息子・金原祥一(しょういち)は銀印の存在は知らないようだった。では、誰がどこから持ち出したのか。

　探偵のように顎に手をかけた忍の顔を、萌絵が覗き込んだ。

「盗難、でしょうか」

「少なくともレプリカの刀剣と一緒にはあったはずだ。どの時点まではわからないけれど。あの箱書きと一緒に保管してたはずだ。清子さんがあの箱書きを記した頃までは、金原家にあったはず。箱書きに捺してあったのが証拠だ」

　清子が亡くなった後にどこかへ移されたのだろうか。

　忍は頭の中で疑問点を整理すると、松波に向き直った。

「刀剣と一緒に伝わってきた物は、銀印と、あともうひとつあるとおっしゃいましたが、もうひとつとはなんですか？」

「あいにく私には分からない。記録にも見えない。清子さんは伝え聞いていたそうだが、それも、もうだいぶ昔に失われたという話だ。清子さんも実物を見たことはないそうだ」

　そうですか、と忍はうなずいた。

「ありがとうございました。おかげでたくさん疑問が解けました」

「盗られた刀は回収できそうなのか？　レプリカとは言うものの、あれは金原家の家宝なんだ」

　松波は切実な眼差しで訴えてくる。

「本物の〝アキバツの剣〟が失われた以上、今となってはあの模造刀こそが証なんだ。清子さんにとっても思い入れのある刀剣なんだ。どうにかして取り返せないか」

「思い入れ……とは？」

松波は口をつぐみ、語ろうとはしない。

その横顔は過ぎ去った日を思い返しているのか、どこか淋しげだ。

忍は、真顔になって問いかけた。

「なぜ、あなたはこんなにたくさん、金原家のことをご存じなんですか？」

清子の共同研究者だったのはわかる。だが、金原家の者も知らない宝刀の秘密を、ここまで知っているのは、おそらく松波だけだ。

松波は椅子の背もたれに身を預け、窓の向こうの松林を眺めた。

日本の西端近いだけあって、陽はまだ落ちない。ようやく暮れなずんできた空に残された飛行機雲を眺めて、松波は言った。

「尊敬するひとだった。研究者としても教育者としても。清子さんは名もなき研究者だったかもしれないが、こつこつと丁寧に過去の証を集めることの大事さをよく知る人だった。いつか自分に続く者たちがやってきたら、伝えてくれ、と託された」

松波が鍵のかかった引き出しから取りだしたのは、一本のカセットテープだ。

そこには清子の肉声で、いま松波が語ったことが収録されている。

対馬藩家老家の者の証言も。

「清子さんの集めた証言記録や資料が散逸しないよう、責任をもって預かっている。次の世代の研究者に引き継ぐためにだ」

忍と萌絵に向けて、松波は真摯に告げた。

「物事の価値や評価は、見方によっていくらでも変わる。だからこそ歴史学者は、心を入れすぎず、動かさず、ただ淡々と、ありのままに受け止める。そういう静謐な眼差しを、忘れないでくれと」

書斎の書棚にある写真立てを、萌絵は見た。笑顔の三人だ。若い松波と、肩を並べるようにして清子たちがいる。

色褪せた写真は、いやでもノスタルジックな気持ちにさせる。

微笑む清子の表情が、目の前に置かれた観音像と重なる。

海の向こうからやってきた観音を見て、清子の言う「静謐な眼差し」とはこういうことだろうか、と忍は思った。

観音は何も語らず、微笑んでいる。

第三章　広大の秘密

最終便の船にはなんとか飛び乗ることができた。

忍と萌絵は、壱岐を離れていく船のデッキから、今はもう暗闇に沈む島影を眺めた。

鷹島とは比べるべくもないほど大きな島だ。壱岐国と呼ばれたのも納得だ。

沖に出ると、海と空の区別もないほど真っ暗闇で、黒い周囲に船が蹴り立てた波飛沫だけが白く浮かびあがる。

船のエンジン音でデッキは騒々しく、ディーゼル臭が漂っていたが、忍は気にしていない。暗闇の海を見つめながら何か考えをまとめたかったのだろう。

「レプリカだったとはね……」

萌絵の気配に気づいて、忍が口を開いた。

「無量たちはくたびれもうけだ。コルドの連中もすっかり騙されて」

「コルドは気づいているんでしょうか」

「わからない。金原家にあった銀印が、どういう経緯でエイミさんの手にあったのかも。ただ……胸騒ぎがする」

忍の険しい表情を見て、萌絵も不安になってきた。ゴォンゴォンと唸り続けるエンジン音に押し潰されそうだ。忍が我に返って、肩越しに振り返った。

「だが、大きな収穫があったよ。これだ」

忍がポケットからつまみだしたのは、メモ用紙だ。松波の字でこう記してある。

〝右軍都統使　李将軍授阿只抜都武運〟

「本物の〝アキバツの剣〟にはこの文章が刻まれている。対馬藩の家老家にはそう伝わっていた。この字が刻まれていなければ、金原家が作ったレプリカだ。たとえ奴らが本物だと言い張っても、動かぬ証拠になる」

でもそうなると不思議ですよね、と萌絵が言った。

「本物はどこにあるんでしょう。鷹島の神社で見た、って目撃者は言ったんですよね。でもどこにもなかったんですよね。清子さんが一生懸命、ありとあらゆる場所を探して、全部の家くまなく訊いてまわってみても」

「だが、なかった。〝アキバツの剣〟は鷹島にはなかった」

「持ち主が隠してたとか？」

「そうも考えられるが」

疑問は残るが、自分たちがいまなすべきなのは、奪われた「遺物」の回収と、エイミの安全確保だ。

博多港が見えてきた。夜の博多港は一際明るく華やかで、まるで遊園地の明かりをみるようだ。低く垂れ込めた雲を街の明かりがオレンジ色に照らし上げている。

下船アナウンスが流れ始めた時、忍のスマホに着信があった。

ＪＫことジム・ケリーからだった。

〈モグラたちの宿泊しているホテルがわかったよ〉

短文のメールだ。少し考えて「あとで合流します」とメールを返した。

「……永倉さん、僕は用事ができた。すまないが、先に帰っててくれないか」

「用事って？」

「知り合いと急に会うことになった。君は無量に松波さんの話を伝えて、銀印をあいつらに奪われないようにしてくれ。また後で連絡する」

船はまもなく博多港に接岸した。フェリーの乗客たちと一緒に降りていく萌絵を見送って、忍はスマホの地図でホテルの場所を確認すると、車に乗り込んだ。

＊

忍が向かった先は、博多駅にほど近いところにあるシティホテルだった。

落ち着いたたたずまいのロビーはチェックイン客と宴会帰りの客とでそこそこ賑わっている。ＪＫを探していると忍のスマホが鳴った。

「ＪＫ、いまどこですか」

『エレベーターホールの近くにいる。見えるかい？』

柱の陰からひらひらと手を振っている。

『僕は昼間の一件で面が割れてしまっているからね。ラウンジにモグラたちがいるよ』

忍が見回すと、フロントの奥にロビーラウンジがあった。薄暗くした店内にはゆったりとしたソファテーブルがあり、キャンドルが灯されている。一番奥のテーブルに五、六名の外国人が座っていた。

『スタンドカラーのジャケットを着た初老の男がバロン・モールだ』

商談にやってきたようだ。向かいの席にいる紳士が客だろうか。タブレットを囲んで値段交渉でもしているのか。忍も柱の陰からその様子を窺った。

「非合法で手に入れた美術品や骨董品をこうやって売りつけているわけですか」

『商談相手の男に見覚えがある。客じゃない。ロジャー・マッケイン。NYに拠点があるバッカスというオークション会社の、腕利きエージェントだ』

オークションにかける美術品を世界中から集めてくるのが仕事で、所有者に出品を促したり、予想される落札金額を査定したり、売りたい側と買いたい側の橋渡しをするのが仕事だ。忍は小声になり、

「もしやバロンは〝忠烈王の剣〟をオークションにかけるつもりですか」

『それはご本人に訊いてみないとね。モグラくんの隣に座る黒服の美人がいるだろ。あれがエイミ・サカキバラだよ』

華やかな容姿を喪服めいたパンツスーツで包み、慎ましく座っている。夫が死んで喪に服している、というわけではなく、あれが鑑定士としての普段着なのだろう。

やがて商談が終わったようだ。両者は握手を交わしてオークションスペシャリストを送り出した。

『僕はロジャーを追っかけてみるよ。商売柄、口は固いだろうが、聞き出すのも我々の仕事だ。君はエイミと接触を試みてくれ』

そこで電話は切れた。忍は面識もない。とんだ無茶ぶりだと思ったが、このまま見過ごしにはできない。

バロンたちが移動を始めた。忍は果敢に行動を起こした。彼らが乗り込むエレベーターに一緒に乗り込み、最上階のボタンを押した。扉が閉まると、すぐに電話をかけるふりをしてスマホを取りだし、話しだした。

「……ああ。お疲れ様です。いま伊万里から戻ったところです。例の黒山窯さんの一輪挿しは、手に入りそうですか」

男たちがマナー違反を咎めるように視線を送ってきた。エイミもギョッとしたように振り返った。エイミは階数ボタンのそばに立っていたが、驚いて、斜め後ろに立つ忍を見た。忍はその視線を受け止めて、小さくうなずいた。

「ええ。帰ったら折り返し、電話をください。電話番号は――……」

バロンたちは日本語が堪能ではない。そう読んで、一か八か、自分の電話番号をエレベーターの中で唱え始めた。エイミには伝わる、と踏んだからだ。

「じゃあ、電話待ってます」

エレベーターが止まり、バロンとエイミはその階で降りていった。エイミは振り返りもしなかったが、忍は確信している。彼女は優秀な鑑定士だ。きっとくる。

忍はホテルを出た。人目につかないよう、近くのカフェで待機しようと歩き出した時、発信者不明の電話がかかってきた。

「もしもし……？」

『あなたは誰なの？』

エイミだった。記憶力がいい。エレベーターで唱えた電話番号を覚えて、かけてきたのだ。忍はあたりを見回して、建物の陰に隠れると声を潜めた。

「いま部屋ですか。他にひとは」

『いないわ。私だけよ』

「僕は太宰府天満宮(だざいふてんまんぐう)であなたを助けた女性の知人で、相良(さがら)と言います。銀印は無事受け取りました。こちらで保管してあります」

『どうして私がここにいることが……？』

「それについてはまた……。〝忠烈王(チュンニョルワン)の剣〟はどこです。一緒にいた男性のもとにあるのですか」

忍の口から剣の名が飛び出したことに、エイミは驚いたようだった。

しばし沈黙してから、答えた。

『あなたがた、ジンの知り合いなのね。だから、私を助けたのね』

「答えてください。力になりたいんです」

エイミは警戒したのか、迷っているようだったが、今は他に頼れるものがないのだろう。電話口の向こうで、細く息を吐いたあと、彼女は言った。

『鷹島沖から出た刀剣はバロンの保管施設にあるわ。ちゃんと保存処理の専門家がついて、ケアしてる』

「彼らは何をするつもりです」

『オークションに出品するつもりよ』

やはり、と忍は思った。

「さっき、バッカスのエージェントと会って話していたのは〝忠烈王(チユンニヨルワン)の剣〟のことだったんですね」

『そうよ。でも多分、ロジャーは見抜く。あれが本物ではないことを』

「あなたも気づいていたんですね！　あの刀剣がレプリカだということを！」

『長く鑑定士をしているのだもの。そもそも作られた年代が違うし、高麗(こうらい)朝の刀工のものでなく、日本の刀工の手によるものだわ。科学鑑定すれば素材の原産地もわかるはず。だけど、バロンは私に偽の鑑定書を書けと』

やはりそうか、と忍は思った。胸騒ぎの理由はこれだったのだ。

レプリカに「本物」だという偽の鑑定書をつけるために、エイミを拘束したのだろう。

「エイミさんが銀印を持ち出したのは、あの銀印と剣がセットになっていることが、本物の証明になるからですね？」

『ええ。そうよ。でも、より高い値段がつくためだと言うほうが正しいわ』

エイミの口調はつとめて冷静だった。だが端々に切迫している様子がわかる。

『元寇(げんこう)の時、忠烈王(チュンニョルワン)が授けたその刀が、巡り巡って朝鮮王朝の太祖・李成桂(イソンゲ)のもとにやってきたことに意味があるの。その証明になる銀印が日本にあったことが値打ちになるの。その物語ごと買う人間がいるのよ。バロンはそのために私を手に入れたんだわ……』

「待ってください。エイミさん。バロンは〝忠烈王の剣〟が〝アキバツの剣〟と呼ばれるものであることを知っているんですか」

電話の向こうで、エイミがハッとする気配が伝わった。

忍はよどみなく、

「それを、いつ、どこで知ったのですか」

『それは……』

エイミは口ごもってしまう。

忍は冷静に問いかけた。

「では順を追って訊(たず)ねます。鷹島沖で出土した剣を、チョウ・ミンファとバロンの手下たちは探していました。ハンが死んだ後、刀剣を隠したのは？」

『私よ。私が隠したの』

「どうして」

『ジンたちの水中発掘で出た遺物だわ。返さなければと思ったの』

「でも結局、バロンに渡したんですね」

『サミーを殺した罪を、ジンになすりつけると脅されたからよ！』

サミーとは死んだサミュエル・ハンの愛称だ。

『ジンがサミーと最後に会った人物なのは本当だから。もし手下たちに嘘の証言でもされたら、殺人犯に仕立てられてしまう。そう思ったからよ！』

「ハンを殺したのは、バロンたちなんですね」

エイミは答えない。重い沈黙から、忍はエイミの心情を汲(く)み取った。

「バロンたちは、あの刀剣のことを何で知ったんです。探そうとしたきっかけは？」

『韓国で金方慶(キムバンギョン)の直筆書状が見つかったからよ。〝忠烈王(チュンニョルワン)の剣〟が鷹島の海底に埋もれている可能性が高いと知って』

「それでバロンはハンに捜索を命じたんですね？　でも変ですよね。自分のところにガレオスという優秀なハンターがいたのに、なぜ彼が潜らなかったんです？」

『ガレオスは〝忠烈王の剣〟が海から出るはずはない、と強く主張していたようなの』

「海から出るはずはない？　つまり鷹島の子孫のもとにあると知っていたと？」

『ええ、おそらく。だけど、実際に海から刀剣が発見されたので、ガレオスも少し混乱していたような話を……』

忍は口元に手を当てて、考えこんだ。

「ではバロンが、あの刀剣はレプリカだと知ったのは、いつです？」

『本物ではない、と知ったのは、多分私が鑑定結果を知らせた時だわ。でもそれが〝忠(チュン)烈王(ニョルワン)の剣〟のレプリカだということまでは、さすがに知りようもなかった。その後、ジンのお兄さんが埋めたものかもしれない、という話が伝わってきて、ガレオスが裏をとったわ』

「ガレオスが？」

『そう。そして彼がバロンに伝えたの。金原家に伝わっていたのは〝忠烈王の剣〟のレプリカである。そして〝忠烈王の剣〟は〝アキバツの剣〟と呼ばれる李成桂(イソンゲ)ゆかりの刀剣でもある、と』

「それは清子さんたちしか知らないはずの情報だ。彼はなぜそんなことまで知り得たんです？」

わからない、とエイミは答える。

忍は頭の中にある情報と照合するように、しばし考え込んだ。

「……では、あなたがバロンのもとから持ち出した銀印指輪は、いつからバロンのもとにあったんでしょう。彼はどうやって手に入れたんですか」

『知りません。ただ入手には、ガレオスが関わっていたようだとしか』

「またガレオスが？　銀印は元々金原家にあったはずですが」

『昔、ジンから聞いたのでは？』

「いえ、黒木(くろき)さんは銀印の存在すら知りませんでした」

清子が箱書きを記すまでは、銀印は確かに清子のもとにあった。その後、どこに消えたのか。しかもガレオスは、鷹島沖から出た刀剣の実物を一目見て、それが〝忠烈王(チュンニョルワン)の剣〟のレプリカだと断定したというのだ。なぜ、判別できたのか？

『私、見たんです』

エイミは声をひそめた。

『私が伊万里を訪れた日。ジンの実家を訊ね、妙心寺(みょうしんじ)でお墓参りをした時、私、見たんです。黒木家のお墓にガレオスがいるのを』

「なんですって。妙心寺に？」

『調べていたんだわ。あの刀剣のこと』

エイミは震える声で呟いた。

『その後のことよ。ガレオスから、あの刀剣の正体と由来を知らされたバロンは、本物と偽って売る、と言い出した。一度売ってしまえばこっちのものだからよ。バッカスでは一度落札したものは返品できない。落札者に見る目がなかっただけとみなされて、贋(にせ)

物を掴まされても文句は言えない。そういう世界なの』

「それであなたを拘束したのですね」

バロンが、客に直接売りつけるのではなく、オークションという手段を取ったのは、後腐れをなくするためか。

おかげで、贋物証明しようとした無量たちの苦労も、無駄になったわけだ。

「……。ともかく彼らの最終目的はオークションなんですね。そのオークションが開かれるのは、いつ——」

言いかけた忍のスマホを握る手に、突然、大きな手がかぶさった。

ぎょっとして忍は身を凍らせた。話に集中していたせいもあるが、全くと言っていいほど気配がなかったからだ。

目の前にいるのは黒い作業着を着込んだ屈強な男だ。抗う間もなく、スマホを取り上げられ、通話を切られた。筋肉隆々の仁王を思わせる体格といかつい顔は、いかにも武闘派でどこかの国の傭兵かと思うほどだ。

「なにをするんですか……っ」

「銀印はどこだ」

来たな、と忍は思った。話を聞かれていたらしい。だが、表情も変えず、

「言いたくない」

とはねつける。男は忍の顔ほどもありそうな拳を固めて、鼻先へと突きつけてくる。

「この拳固であばら骨を砕かれてもそう言えるか」

忍は目をそらさない。手だけ動かした次の瞬間、バチバチッと鋭い音がして、男が短い悲鳴をあげた。スタンガンだ。ＪＫが護身用に貸してくれた。

男が怯んだ隙に、忍はその場から逃げだした。が――。

数歩も行かないうちに足が止まった。

行く手にもうひとり、いる。

拳銃を握っている。忍に銃口を向けている。

「……言いたくなければ、言わなくてもいい」

中肉中背の男だ。左利きのようだ。左瞼の上に刀傷の痕のようなものがあり、剣豪小説に出てくる武芸者を思わせる。日焼けした肌と見るからに筋肉質な体つきは、一見、スポーツ選手のようだが、眼光に独特の暗さを宿している。

「君とゆっくり話がしたい。一緒に来てもらおうか」

飛び道具を出されては手も足も出ない。

忍はおとなしくスタンガンを地面において、諸手をあげた。

＊

夕闇に包まれていた伊万里湾は、あっという間に夜の海へと姿を変えていた。

ようやく波も落ち着いてきたのか、雲ばかりが早足で過ぎていく。その隙間から時折、月が顔を覗かせていた。対岸には松浦の街の明かりが瞬いている。

鷹島の宿舎にいる発掘チームは、各々の時間を過ごしていた。明日の発掘に備える者、プロ野球の中継を見ている者、仲間と雑談する者……。

そんな中、大浴場の脱衣場に忍び込んできた者がいる。

すでに先客がいるらしく、脱衣かごがひとつ埋まっていた。浴場からはシャワーを扱う水音がしている。入ってきた者は服を脱ぐでもなく、辺りを見回しながら脱衣かごの中を探り、部屋と金庫の鍵を取りだした。

それを持って脱衣場を出ると、人目を避けるようにして二階にあがっていく。入っていった部屋は、黒木の部屋だ。

誰も居ない。黒木は入浴中だった。その男は黒木の荷物を探り、金庫を開けると、中から黒い指輪ケースを取りだした。

「あった……」

思わず、そう呟いた時だった。背後から声をかけられたのは。

「そこで何してんだ。広大」

広大はギョッとして振り返った。物陰から現れたのは、無量だ。

「む、むりょう……なんでここにおんねん」

「手にしてる。それ。なに？」

て、広大は慌てて指輪ケースを隠したが、ごまかせるはずもない。広大は激しくうろたえ

「く、黒木さんから頼まれたんや。印面調べたいから持ってきてくれって……」

「黒木さんは風呂だけど？」

「い、いや……司波さんとこに持ってけって」

「なら一緒に行く」

「ひ、ひとりで、ええ」

「なんで？　俺といっしょじゃ具合が悪い？」

「いや、ちょっと司波さんに相談したいことがあっ……」

近づいてきた無量が、物も言わずに広大の胸ぐらを掴み上げて、壁に力いっぱい体を押しつけた。広大が悲鳴をあげたが、無量の怒りは心頭に発している。

「どういうことなんだ、広大……っ。おまえ……おまえ……っ」

「く……くるし……」

「おまえだったのか！　ハンたちに刀のことリークした内通者は！」

「かまかけるなんてきたねーぞ……っ」

「ふざけんな！」

無量は両手で胸ぐらを掴んだまま顔を近づけた。

「おまえだけはちがうって……それだけはありえないって、信じてたのに！」

広大は苦しそうに顔を歪ませていたが、開き直って笑いを浮かべた。

「は……はは、なんや、裏切られたってカオやな……っ」

「変だとは思ったさ。俺と黒木さんが今日太宰府に行ったってのは、司波さんだって知らなかった。誰にも言わずに行ったからな」

――自分はちゃっかり太宰府天満宮でお参りデートかいな。

さっき、広大が口走った一言に、無量は違和感を感じとったのだ。

「でも、おまえなわけない、それだけはないって信じたのに……なのに……！」

「大袈裟なやっちゃな。なに大騒ぎしてんねん。あほくさ」

広大は小馬鹿にするようにへらりと笑って、

「たかがバディってくらいで信じるとか信じないとか。ひとりで盛り上がって、こじらせコミュ障らしいリアクションや」

無量は怒りにまかせて広大の襟を摑んだまま畳に勢いよく投げつけた。転がった広大に馬乗りになって、再び胸ぐらを乱暴に摑み上げた。

「……銀印をどこに持ってくつもりだった。おまえにそう命令したのは誰だ」

「おまえの知ったことかい」

「盗み出して〝もぐら男爵〟のところに持ってくつもりだったんだろ。おまえ、連中の手先なのか。コルドの手下なのか！」

「はあ……？　なんのこと？」

「とぼけんな！　コルドの手先として発掘に参加してたのか。最初から連中に協力するために加わってたっていうんじゃないだろうな！」

「ただの小遣い稼ぎや。『兄ちゃん、海の底からなんか見つかったら教えてーな、小遣いやるから』って言われたから教えただけや。なのに人を犯罪者みたいに」

　無量は、指輪ケースを持っている広大の手を掴んで、

「犯罪だろ。立派な窃盗だろ。おまえのしてることは泥棒じゃねーか」

「……はなせ……っ」

「たかがバディだ？　ふざけんな！　裏でコソコソしやがって。やっぱりおまえなんか信用すんじゃなかった。こんなチャラい八方美人、信用すんじゃ！」

「はなせって！」

　広大が力尽くで無量を押しのけようとする。姿勢が崩れた無量はムキになって広大を押さえ込みにかかり、ふたりは激しいもみ合いになった。そこに飛び込んできたのは、黒木だ。

「おい、なにやってんだ！」

　とっくみあいになっているふたりに割って入ろうとするが、ふたりは互いにつかみ合って手に負えない。無量もしまいには黒木をおしのけて、広大を掴み上げた。

「よせ、無量！」

「なんなんだよ、おまえ！　コレなんなんだよォッ！」

目に涙まで滲ませている無量を見て、広大はふと目を瞠った。無量は広大を摑んだまま堪えきれなくなったように、うなだれてしまう。

「なに、泣いとんねん……」

「……ねぇよ……泣いてなんか」

「どうでもええのんは、おまえのほうやなかったんか……」

無量はハッと胸を衝かれて顔を上げた。

「バディなんて誰でも一緒やゆーとったやんか。信用するとかせんとか、そんなん鬱陶しい言うてたんは、そっちやんか。なのに今更『信用して損した』とか言われても、全然信じられへん。お互い様や！」

「広大……」

「俺らなんかただの余りもん同士や。どこにも入れへん〝はぐれもん〟やさかい、しゃーない、渋々組んだだけやろ。損したとか裏切られたとか、おまえなんかに言われたないわ。拒んどんのはそっちやったくせに！」

広大が顔を真っ赤にして言い返してくる。その目にも涙が滲んでいる。

「悔しいのはこっちや！」

無量も思わず茫然としてしまう。

「なに言ってんだ……おまえ」

「なんにも気づかんかったくせに……自分ばっかり被害者みたいなカオして。世界中の悲劇背負ってるみたいに暗いカオして。せやけど、おまえは独りでもなんでもあらへんやんか。なんやかんやで幼なじみだの先輩だの、もたれかかれる相手ぎょーさんおるやんか！　そんなやつは俺にはなぁ……俺にはなぁ……！」

先を言おうとして、言葉にできなくなり、嗚咽を噛み殺すようにうつむいてしまう。今まで見たことがない広大の姿に、無量は怒りもどこかに失せて、胸ぐらを掴む手から力が抜けた。広大は手を払い、うなだれて震えている。

「……広大、おまえ何があったんだ？」

「………」

頑なに口をつぐむ。その時だ。

「ガレオスか？」

声は、後ろからあがった。

広大がはっと顔をあげた。振り返ると、入口にいつのまにか、司波が立っている。一部始終を外で聞いていたのだろう。落ち着いた声で問いかけてきた。

「やっぱり、そうなんだな」

「どういうことすか？　てか、ガレオスってやつのこと知ってるんすか」

無量が問いかけると、司波はうなずいた。

「あの界隈のことは大体な。話は黒木から全部聞いたよ。……四年前だ。広大はベトナム沖で、ある潜水艦のサルベージ作業に参加してた。そこで事故が起きた」

「事故？」

「沈船引き揚げ中に艦内で爆発が起き、船が大きく傾いて横倒しになった。何人かのダイバーが巻き込まれた」

無量は思わず広大を見た。そんな話は一言も聞いてない。広大は苦しそうに顔を背けてしまう。司波は淡々と続け、

「ハッチがふさがれ、中で作業していた数名が閉じ込められた。深海だったこともあって、救助には時間がかかり、タンクの空気が切れた何人かが死んだ」

「死んだ……」

「生還できたのは、たったふたり。残り少ないタンクの空気を分け合って、どうにか生き延びた」

「まさか……広大。おまえが」

そのとおりだった。広大は奇跡的に生還できたひとりだったのだ。

「聞くところによれば、タンクのエア残量はもうほとんどなかったらしい。救助があと一分でも遅れていたら、広大は今頃ここにいない」

無量は絶句していた。本当に危機一髪だったのだ。

若いが腕の良い「天才ダイバー」として売り出し中だった広大が、そんな案件に関わって、しかも大事故に巻き込まれていたとは。

全く知らなかった。気づけなかった。そんな目に遭った気配も、広大からは感じられ

なかったからだ。いつも軽口を叩いて、賑やかにしている広大からは。

「……幸い広大に大きな怪我もなかったが、事故がトラウマになって……所謂ＰＴＳＤ（心的外傷後ストレス障害）ってやつを発症した。それで海に潜れなくなっちまった」

「司波さん……もういいっす」

広大が弱々しく言った。だが、司波は無量にどうしても聞かせたいようだった。

「今はすっかり克服して元通り潜水もできるようになったが、あんなに海が好きだった広大が、怖くて二メートルも潜れなくなってたんだ。それでも逃げず、プールでの訓練を重ねて少しずつ克服した。こいつは見かけによらず繊細で、そのくせ頑固で弱音も吐けないような奴だから、きっとずいぶん苦しかったろうな……」

無量は信じられないような気持ちで、広大を見つめている。

もしかして、と口を開いたのは、背後にいた黒木だった。

「その時、一緒に生還したダイバーってのが、ガレオスかい？」

司波はうなずいた。

「……どうやら米国政府がらみの案件だったらしい。噂じゃ劣化した核弾頭の回収だったとか。米軍が動けなかったのは、その海域が南沙諸島だったからだ」

「もしかして、あれか。中国が海洋開発して問題になってる……」

「ああ。埋め立てをしてる近くだったらしい。米国は中国を刺激しないために民間の手を借りなければならなかった。白羽の矢を立てられたのが、ガレオスだった」

腕利きで選りすぐりのフリーダイバーだ。高額の報酬があったのだろう。

幸い放射能漏れもなく、大事にはいたらなかったが、米国は国際問題になるのを恐れて事故を隠した。が、噂は業界に広まり、広大は仕事を失って、二重の意味で「潜水できない潜水士」になってしまった。それを拾ったのが司波だったのだ。

ガレオスことイ・サンボクは、その事故で酸素欠乏の後遺症を発して、右半身に麻痺が残ったが、執念とも思えるリハビリの末、復帰したという。

「……あの人は、その気になれば、俺を見捨てることもできたんや」

うなだれていた広大が、低く口を開いた。

「閉じ込められた艦内で俺らはパニック起こして、エアをたくさん吸ってもうた。でもあの人はプロ中のプロやった。冷静にエアを節約して長く保たせるよう、しとったんやな。俺の残量はいくらもなかった。俺を見捨てれば、救助が来るまでエアが保つ。自分は助かる可能性があがるのに、あの人は俺に分けたんや。その分、待てる時間は短くなるのに。あの人はそれでも俺に分けた」

広大は頭を抱えるようにして語り続ける。

「自分が死ぬかもしれないのに、分けた。エアはもういくらもなかったがどうにか助かって……。あとで『なんで俺に分けたのか』って聞いたら、あの人、一言こう言ったんや。『バディだからな』って」

「広大……」

「俺には真似できひん。ほんま怖かった。メーターの針が減ってくのをみてるのは恐怖でしかなかった。これがゼロになる時俺は死ぬ。死ぬんやって。そう考えたら怖くて怖くて余計に息吸ってまう。もう周りなんか見えへんかった。潜水艦からは出られへん。息はどんどん苦しゅうなる。……あの極限の状況で、確実に息が苦しゅうなっとんのに、バディだからって理由で最後まで分けられるなんて。俺やったら奪いとってでも独り占めして吸うたかもしれへん。あの人はな、俺に命を分けてくれたんや……。タンクにあったのはただの空気やない。命や！」

吐き出すように言いきると、無量に向かって訴えた。

「そないにして命がけで命分けてくれはった人が言うこと、断れっかいな！」

「……広大」

広大はそのまま髪を掻(か)きむしって膝(ひざ)を抱えてしまう。

無量は言葉もなく、見つめているしかない。

司波と黒木も、黙っている。エアコンの稼働音だけがやけに大きく聞こえた。

無量は何も言えなくて、言葉をかけるかわりに、震えている広大の肩に手をおいた。

が、すぐに振り払われた。

「……バディはな、一度なったら、一蓮托生(いちれんたくしょう)なんや」

「………」

「それがバディを組むもんの覚悟なんや」

搾り出すように呟く。

その言葉は、ダイバーたちには響くものがあった。

皆が重く黙り込む中で、口を開いたのは、黒木だった。

「……俺も司波さんには助けてもらったから、恩義を感じる気持ちはよくわかる」

黒木は広大を責めようとはしなかった。

「軽い気持ちであいつに調査成果を伝えてたんだろ？　遺物が奪われるなんて……まして人死が出るようなことになるなんて思ってもみなかったはずだ。そうなんだろ？」

「……。俺、黒木さんを疑うようなこと言ったのに」

「気にすんな。おまえはあいつに利用されてたんだな」

広大も初めはこの事件にガレオスが関わっているとは思わなかった。本当にただ「調査状況を毎日教えてくれ」と頼まれて、言う通りにしただけだ。なんのためかはわからなかった。元寇船の発掘に関心があるだけだと思っていた。

遺物が奪われた時も、ガレオスとは結びつかなかった。実際、盗んだのは別人だった。

だが、なにか変だと気づき始めたのは、ハンが死んだ頃からだ。

「あの人から、チームメンバーの電話番号教えろって言われたあたりから、なんか変やなとは思ってた。そのうち、なくなった遺物のことで何かわかったら逐一伝えろって……。それでわかった。遺物がなくなったのも人死が出たのも、みんなあの人が関わってるんやて」

「刀剣は俺の兄貴が埋めたものだったってことも、伝えたのか？」

「はい。目的の刀やないとわかったし、これで終わってくれるやろと思たけど、さっきまた電話があって。今度は銀印を持ち出せって……。断れへんかった」

ずるずると巻き込まれるまま、指示に従ってしまったらしい。リークしていた相手はガレオスで、ハンとは面識もない。ハンにはガレオス経由で情報が流れていたのだろう。

悪意をもって内通していたわけではないと知り、無量は少し安堵した。

広大は指輪ケースを黒木に返した。

「……すんませんでした……」

中身の銀印も、無事だ。

「しかしガレオスには、俺が持ってることも筒抜けか……」

広大が持っていかなかったら、今度は広大の立場があやうくなる。

司波が「どうする？」と黒木に問いかけた。

「そうですなあ。逆手にとるって手もある」

「二重スパイ作戦か」

「作戦練りましょう。無量、広大。おまえたちもあとで司波さんの部屋に来い」

というと、黒木は司波とともに部屋から去っていった。終始、感情的にならなかったのは、大人の対応だと言える。

残されたのは、無量と広大だ。気まずい空気が流れた。

重い沈黙の後で、口を開いたのは無量だった。

「……なんか……その……。悪い」

「なんでおまえが謝んねん」

「そういうの……全然気づけなくて」

すると、広大は苦笑いを浮かべた。

「おまえ、にぶちんやしな……」

「ユーレイ怖がってたのも、そのせいか」

広大は意表をつかれた。無量は人心に疎いが、時折、驚くほど鋭いことを言う。広大は数瞬、無防備な顔をさらしたが、やがて溜息をついた。

「なんなんや。おまえ。ほんま、たまげるわ」

「……後ろめたいのか？」

広大はしばらく黙った。記憶をたどっている。そして——。

「あん時の爆発な。船外でバーナー使ててん。それが船内にちょっとだけ残ってたガスに引火したんやって……。核弾頭は無事でよかったんやけど、一番ハッチの近くにおったのは、俺やった。俺が機転利かせてすぐにハッチ開けとったら、みんな逃げられたんや。俺のせいやて……」

死んだメンバーのことは、今でも夢に見るという。ＰＴＳＤに苦しんでいた時は、ちょっとした物音にも敏感になった。幻聴めいたものまで聞こえ、それが自分を恨んで怨霊になった仲間の仕業のように思えたのだ。

「深海に潜ると、今でもあの時のことがフラッシュバックする。暗い海の底で土掘っとると、急に世界中で俺ひとりになったみたいな気がしてな。そんな時はついバディを探してまう。おまえが近くにおるの見て、安心すんねん」

「……広大」

「いっつも薄情なおまえが、あないに怒ってくれて……ちょっと嬉しかったわ」

天井を見上げる広大の肩を、無量が何も言わず、拳固で小突いた。

広大は天井を見たままだ。涙がこぼれるのを堪えている。

黒木たちに呼ばれても、ふたりはなかなか、部屋を出ようとはしなかった。

海の底にふたりきりでいるような、そんな気がしていた。

＊

「リークしてたのが誰か、わかったの？」

壱岐からとんぼ返りした萌絵は、唐津駅に着くと、すぐに鷹島にいる無量と連絡をとった。銀印も無事で、内通者だった広大もそもそも悪意があって荷担していたわけではなく、以後は司波の指示のもと、無量たちに協力すると約束した。

『そっちはどう？　なんかわかった？』

「うん。だいぶ事情が色々と。説明したいんだけど、黒木さんにも聞いてもらったほうがいいと思うから、これからそっちにいくね」

え！　と電話の向こうで無量が声をあげた。

『今からくんの？　鷹島に？　船ないよ』

「唐津からタクシーでいく。寝ないで待ってて。いいね？」

萌絵はひどく空腹だったので駅前の飲食店でうどんをすすると、松波から聞いた話をメモにまとめた。

レプリカだった黒木家の刀剣。

江戸時代に沈没船とともに沈んだあと、行方不明の「アキバツの剣」。

しかし、その刀を「見た」という「昭和初期の骨董屋にきた客」。

どこかにはあるということか。海ではない陸上に。でも鷹島では見つからない。

その客はどこの誰だったのか。だが、七、八十年も前の話では、調べようがない。

見つかったところで、何がどうなるわけでもないが……。

スマホがブブブッと震えた。メッセージが届いた。見れば、東京の史料編纂所にいる鷹崎美鈴からだ。銀印のパスパ文字の解読に成功したという。

「早い！　さすが美鈴さん」

〈私は専門外だからパスパ文字研究者さんに頼んだの〉

とメッセージには、ある。いつもは元旦那の亀石から「派手で痛いバブル女」と揶揄される美鈴だが、学芸員としての腕と人脈は本物だ。

〈そしたら、なんか大変な文字が刻まれてたみたいよ〉

萌絵はうどんのどんぶりを脇に置いて身を乗り出した。

記されていた文字を見て、顔をしかめた。

「〝右副都統印〟……？」

なんのことかさっぱりわからない。

字面だけ見ても、何を意味しているのか、萌絵には読み取れない。

〈これのどこがすごいんでしょうか？〉

返信すると、ほどなく返事が届いた。

〈元の官職よ。ひとりしかいないはずだから、時代さえわかれば、誰か特定できるかもね〉

萌絵は背中がざわっとした。そういうことか。銀印の持ち主は、ひとり。つまり、あの刀剣の「最初の持ち主」が判明するということだ。

〈ありがとうございます！　助かります！〉

〈御礼は　いかしゅうまい　でよろしく〉

萌絵は首を傾げた。店の壁を見ると、そこにも「いかシュウマイ」というメニューが貼ってある。唐津の近くの呼子名物のようだ。

それはともかく、萌絵は急いでタクシー乗り場に向かった。先頭の車に乗り込むと、プロ野球の実況を聞いていた運転手がすぐに応じてくれた。

「どちらまでですか」

「鷹島までお願いします」

「船着き場でよかですか」

え？　と萌絵は答えに詰まった。

「いや、あの船ではなく車で行きたいんですが」

「はは。車ではいけんとですよ。この時間は定期船も終わってるし、海上タクシーのとこでよかですかね」

「え、え、え？　でも橋がかかって」

どうも話が食い違う。運転手は気さくな口調で、

「日中は結構観光客の方が来るんですがね。神社めあてで」

「神社」

「宝くじが当たるらしいですよ。最近人気らしかです」

「あ！」

と思わず萌絵は大きな声をあげてしまった。

「たかしまって……高島(たかしま)のことですか！　宝当(ほうとう)神社がある！」

「え？　そうじゃなかですか？……ああ！」

運転手もようやく気がついた。

「鷹島のほうですか！　伊万里のほうの。松浦の」

「はい。はい、そうです。長崎県のほうの」

「はは。まぎらわしかですね。鷹島ですか。鷹島のどちらです」

萌絵は興奮していた。高島は以前、無量と一緒に出かけた島だ。唐津から小さな船で十分ほどのところに浮かんでいる。宝当神社がある島のことだ。

鷹島と高島。

もしかして、と萌絵は胸の動悸（どうき）を抑えながら思った。

鷹島ではなく、高島のことではないのか？

「アキバツの剣」は「タカシマ」にあり。鷹島ではなく高島のことだったのでは？

骨董屋の客は「タカシマにあったよ」と言った。だから勘違いしたのではないか。これが文字に記したものだったなら、間違えることはなかっただろう。

萌絵はすぐスマホを取りだし、忍に向けてメッセージを打った。

〈相良さん！　タカシマは高島です！　アキバツの剣は鷹島でなく、高島にあるのかも！〉

だが、萌絵は知るよしもなかった。

忍の身に今まさに起きている不穏な事態のことなど。

＊

その頃、忍はホテルの一室にいた。

正確には「監禁」されていた。

部屋には先ほどの目に傷のある男と、屈強な大男がいて、忍と向き合っている。

「こんなところにつれてきて、僕に何の用ですか」

連れてこられる間も、男は上着の内側に銃を握っていたから逃げる隙がなかった。縛られてこそいないが、入口にはあの大男がいて、部屋から出られる気がしない。スタンガンも取り上げられたし、スマホも取り上げられた。部屋に入った途端に写真も撮られた。

目に傷のある男は、ゆっくりと向かいのソファに腰掛けた。

「話を聞きたいだけさ。おとなしくしていれば、乱暴なことはしない」

「あなたが、例のガレオス氏ですか」

男は驚いて、不敵そうに笑った。

「どうしてわかった？」

「なんとなく。顔つきや目つきが鮫(さめ)っぽいな、と」

ガレオスとはギリシャ語で「鮫」の意だ。

「地中海発掘の時につけられたあだ名だ」

「一匹狼ならぬ一匹鮫ってところですか」

この状況におかれてもどこかふてぶてしい忍の態度に、ガレオスは感心したのか、興味深そうに身を乗りだした。

「やけに落ち着いているが、こういう状況に慣れているのか？」

「慣れてはいませんけど、縛られてないだけマシです。聞きたいこととは何ですか。銀印のありかではないんですか」

ガレオスは小さくほくそ笑み、

「銀印は鷹島だ。黒木の手に渡った。君は昼間のあの若い女の知り合いだね。彼女経由で黒木が手に入れた。そうなんだろ」

「なんでわかりました？　尾行はまいたはずですけど」

「どうしてかな」

「……もしかして、あなたが差し向けた『内通者』が知らせてきたんですか」

ガレオスは捉え所なく微笑むだけで、答えない。のれんに腕押しだ。忍は相手の出方を窺うことにした。

「それで？　僕を人質にして銀印を取り返すつもりですか」

「ほう。なんでそう思う？」

「こういう状況は人質パターンだと相場が決まってる」

「そこまでイリーガルな手段を使うつもりはない。銀印を盗まれた、と警察に訴えれば、済む話だ」

自信たっぷりに言う。〝もぐら男爵〟の代理人を気取るガレオスは、態度もどこか横柄だ。

「元々は金原家のものです。あなた方はどうやって手に入れたんです」

「買い取った」

「金原さんからですか？」

「金原家から譲られたという者から」

「誰です。それは」

「諸橋という伊万里の骨董商だ。元寇研究をしているという」

「！」

松波の書斎にあった写真の、三人目の人物だ。金原清子と松波の共同研究者だったという。

「骨董商から買い取った。正しい入手手段だ。文句をつけられる筋合いはない」

ガレオスの言葉は尤もだった。盗品でもなければ恐喝したのでもないというなら、確かに文句はつけられない。それどころか、持ち出したエイミのほうが窃盗犯ということになってしまう。

忍はわずかに追い詰められた表情になった。

「………。銀印を取り返したところで、肝心の刀剣が贋物(にせもの)であることは、いずればれますよ。いくらエイミさんに偽の鑑定書を強要したところで、あのオークション会社のエージェントが見破るに決まってる」

「バッカスのロジャーか」

「相当な目利きなんでしょう？　贋作(がんさく)や模造品を見分けるエージェントに、嘘が通るとでも思ってるんですか」

「問題はそこだよ。バロンがわざわざバッカスを使うのは、顔のきくオークション会社を使えば、よりきれいに事が運ぶからだ」

「顔のきく……ですって？」

「今度の週末、東京でバッカスのオークションが開催される。バロン氏も何点か、出品することになってね。今日はその打ち合わせだった。下見会のね」

実物を展示して、オークション参加者がエージェントの出した参考落札価格をもとに、品定めをするためのものだ。

忍の親代わりだった龍禅寺笙子(りゅうぜんじしょうこ)は井奈波(いなば)美術館の名誉館長をしている。美術品のオークション現場には何度か立ち会ったことがあった。

「バッカスは違法流出した美術品がよく出品されるそうなんで、オークション会社としては、あまり良い噂を聞きませんけど……」

「だが、正規ルートでは出回らないレア品が手に入るので人気がある」

「あなたのようなトレジャーハンターが引き揚げた、ですか」

まあね、と言ってガレオスは紅茶を入れたティーカップをもちあげた。

「盗品だろうと流出品だろうと、関係ない。買いたい者と売りたい者を結びつけるのがオークション会社の仕事だ。かのサザビーズだって、盗難品を出した出品者のデータは決して警察に明かさなかったそうじゃないか」

「鷹島の遺物を出品する気ですか」

忍は暗く目を据わらせた。

「……ハン氏が発掘現場から勝手に持ち去った、あの金の刀剣を」

「我々が出品するのは、オリジナルの〝アキバツの剣〟だ。君たちが出した遺物などではない」

「なにを言ってるんです。あれは鷹島の海底遺跡から出たものです」

「なんのことだね？」

「あれは発掘調査中の遺跡から持ち去られたものです。違法品です」

「ハン氏はそうは言ってなかったぞ。彼は優秀なトレジャーハンターだからな。対馬の家臣を乗せて沈没した船を探しだし、自ら潜って発見したと我々に言っていた」

「うそだ！」

「うそだという証拠は」

「本物は鷹島の神社にあったという証言がある。そもそも海から出るわけがない！」

「その証言とやらは、どこまで信用できるのかね」

忍はぐっと詰まってしまう。

証明できないのを良いことに、ハンの手柄にしてしまうつもりだ。

しかも、そのハンは「不慮の死」を遂げている。

「死ぬ直前に、彼が海底から見つけ出した。それを受け取った。合法的に手に入れた『本物』だよ」

「あくまで自分たちは善意所有者だと？」

盗品を、盗品と知らずに手に入れた所有者のことだ。サミュエル・ハンがもうこの世にいないのをいいことに、そう言い張るつもりだ。

「しらばっくれる気ですか。死人に口なし、だと」

「言いがかりをつけているのは、そっちだろう。バロンが所有するのは、本物の〝アキバツの剣〟だ。レプリカなんかじゃない」

「いいえ。あれは黒木さんのお兄さんが海底に埋めた、レプリカです」

「………。言いがかりをつけるなら、証明してみるがいい。君に証明できるのかね」

「………」

「鑑定士は本物だと認めている。バッカスのエージェントも本物だと認めている。素人の君が『本物ではない』と言ったところで誰が信じる」

まさか……っ、と忍は声を詰まらせた。

「……あなたたちはエージェントまで買収したのか！　顔がきくっていうのは、そういうことなのか！」

「あくまで目利きの判断さ」

忍は青ざめた。彼らが余裕を見せているのは、このせいだ。オークション会社のエージェントまで買収して、無理矢理、贋物を本物だと言わせるつもりだ。

「急遽(きゅうきょ)出品することになったが、待ち望んでいる客は大勢いる。下見会で配られるオークションカタログにも掲載する。朝鮮王朝の太祖・李成桂(イソンゲ)に関わる刀剣だ。海外の刀剣コレクターにとっては垂涎(すいぜん)だ。それだけでも高い値段がつくだろうが、驚くことに、その刀剣は、元朝の征東出兵（元寇）で持ち込まれた忠烈王(チュンニョルワン)の節刀だった。こんなレアな物語(ストーリー)をもつ刀剣は、なかなかお目にかかれない」

「……」

「それだけじゃない。今度のオークションテーマは、李氏朝鮮の宮中遺物でね。ここだけの話だが、朝鮮王朝の宮中遺物には熱烈なコレクターが存在している。中でも李成桂は大人気でね。彼に関するものにはとてつもない値段がつく。それを巡って、かつて人死まで出たほどだ」

「……。信奉者にとっては、聖遺物のようなものですしね」

「ここだけの話だが、韓国政府筋の代理人も、落札に意欲をみせている」

ガレオスは膝(ひざ)の上で鷹揚(おうよう)に両手を組んだ。

「倭寇の首領を討ち取った李成桂は、強気の日本外交を象徴するには、またとない偶像だからね。青瓦台（大統領府）に飾ろうなんて言っている連中もいるほどだ。国民の人気取りに利用する気なんだろう」

忍はますます厳しい表情で聞いている。

「政治利用……ですか」

ガレオスは揶揄するような笑みを浮かべてみせた。

「もし落札に失敗しようものなら『あれは実は倭寇に奪われた我々の所有物なのだ』などと騒ぎ始めるかもしれないな」

オークションが過熱するのは目に見えている。

バロン・モールがハンに五十万ドル（およそ五千万円）での買い取りをもちかけたというが、予想される落札価格は、控えめに見ても「億」を下らない。

「バロンにしてみれば、安い買い物だったのだよ」

「たかが刀剣一本に……」

「ここでいう価値とは、歴史的価値でも美術的価値でもない。つまるところ、コレクターの数とその執着度だ。彼らに『価値がある』と言わせれば、我々が勝つ」

「……。その勝利のために、銀印が必要だというんですね」

忍は暗く見つめ返し、

「そのために僕を人質に？」

「そこまで非道はしないよ」

「では、どうやって銀印を取り返すつもりなんです」

「買い取る」

　ガレオスが単刀直入に言った。

「買い取りを黒木に持ちかける。それならば、法的にもなんら問題はないはずだ。そのための交渉役を、君に頼みたい。相良忍」

　忍は息を呑んだ。

「どうして僕の名前を」

「鷹島の水中発掘を見学しにきたそうじゃないか」

「………。それも内通者情報ってやつですか」

　さっき撮った写真で身元照会をしたというわけか。忍は内心、舌打ちした。発掘チームにいる内通者だ。思った以上に厄介な存在だ。一体誰なのか。

「引き受けてくれるなら、高報酬好待遇を約束するよ」

「いやだと言ったら」

「昼間のカンフーガール。彼女は緑川氏と同じ目を見るかもしれないね」

　忍は顔をこわばらせた。

　発掘チームのメンバー緑川は、車の事故で入院中だ。その事故も、バロンの手下が引き起こした。刀剣の在処を聞き出すためだ。チームの人間から……いや、黒木からだ。

彼らは刀剣を隠したのは、黒木とエイミだと疑っていた。

それがコルドのやり方だ。わざわざ人質をとるようなリスクは冒さないが、脅す手だけはいくらでもある。

「交渉成立が条件だ。低コストで済めばなお良し。どうする」

「ひとつ訊いていいですか」

「なんだ」

「ハン氏を殺したのも、あなたですか」

ガレオスは曖昧な笑顔を浮かべている。

「……あの男は、バロンと別のバイヤーを天秤にかけた。飼い主に黙って他の者に尻尾を振るような犬は、この先も裏切る。早々に処理しないとな」

忍はぞっとした。コルドという集団を縛る掟の冷酷さを垣間見た思いがした。

「NOでないならYESとみなす。スマホは預からせてもらう。用事は彼に言いつけてくれ。ロシアの元特殊部隊だから、役に立つよ。明朝、また迎えにくる」

ガレオスは部屋を出ていった。

忍は苦々しい表情で、彼が飲み残した紅茶を睨み続けている。

第四章　交渉人・相良忍

　鷹島の水中発掘調査もいよいよ大詰めとなった。

　台風の進路が南にそれたため、影響は思ったよりも少なく、翌日から作業を再開した。

　沈没船のほうは掘り下げがほぼ終了し、実測を残すのみとなった。第二調査区で出土した大元通宝の入った壺は記録をとって、一部の銅銭のみを取り上げ、他は埋め戻し、次回調査に回すことになる。

「久しぶりのバディだな」

　無量が広大に声をかけた。広大はツンとして、

「俺は司波さんと組むほうが、なんぼもええねんけどな」

「素直じゃねーやつ」

　広大は結局「銀印はここにはない」とガレオスに返答した。

〝黒木は何も持ち帰ってこなかった。どこか公的機関に持ち込んだらしい〟

　手が出せないことを強調して、終了。……したはずだ。

　だが、広大はまだ不安そうな顔をしている。

「怖いのか？　嘘がばれるのが」

「そんなんちゃう。ただ……」

恩人に背くのが後ろめたいのだ。心細げな広大に、無量は告げた。

「おまえがその人に恩返ししたいならさ、やっぱ、まともなことで返したほうがよくね？　おまえ自身の善悪踏み倒してまですることじゃない気がする」

「そうやな……。そうやんな」

「ちゃんと守ってやるよ。……バディだし」

無量が面映(おもは)ゆげに言うと、広大もこそばゆそうに「お、おう」と答えた。

黒木はすでに現場の海底で作業中だ。今日は珍しく灰島(はいじま)と組んでいる。ベテランで最年長の灰島は、普段は司波の補佐役に徹しているが、ダイビング技術はチーム内でも一、二を争うほどだ。

司波を初めとするプロダイバーたちが、皆で広大を守ると奮起した。

——安心しろ。みんな広大の味方だ。

「チームのみんながこないに頼もしく思えたこと、ないわ……。チームってこういうことなんやな」

誰とでもすぐに打ち解けられる広大だが、本当の彼を理解している人間がどれだけいただろうか。社交的に見えて、その実、他人には線を引いて心にまでは踏み込ませない。

広く浅くテンション高く大勢と打ち解けることが、彼にとっての防壁なのだ。心を許せる者はひとにぎりだ。本当は淋しがりなのだ。繊細なのだ。

広大と自分は似た者同士だということに、無量はようやく気がついた。

ただ少し、かたちが違うだけで。

「そういや、おまえのマネージャーさん、もう帰った？」

萌絵のことだ。ゆうべ、あの後、わざわざ宿舎にまでやってきて、壱岐の松波から聞いた話を無量たちに直接伝えた。

数奇な運命をたどった〝アキバツの剣〟。黒木家にあったのはそのレプリカだったこと（……いや、正確には李成桂の言葉が剣に刻まれる前の、つまり〝アキバツの剣〟になる前の〝忠烈王の剣〟のレプリカ、と呼ぶほうがしっくりくる）。本物はいまだ行方不明であること……。

黒木も、その複雑な背景には驚きを隠せなかった。兄が埋めた刀剣がレプリカであったことに多少の安堵を覚えつつも、問題解決が遠ざかったのは痛恨だったのだろう。

――あの銀印も元々は、ばあちゃんちのもんだったんだな。

どういう経緯で流出してエイミの手に渡ったのかは定かではないが、ならば、ますます返すわけにはいかない。エイミの気持ちに応えるためにも。

そう言って皆で結束を誓った。萌絵もなぜかその輪に加わって盛り上がった。話が長くなってしまったので、結局一泊していくというオチまでついた。

「夏休み中らしいから、まだ鷹島にいんじゃね？」

「ふーん……」

「おーい。無量、広大。そろそろエントリーの準備しろー」

「りょーかいっすー」

ふたりは潜水準備に入った。波はまだ少し高いが、海に潜ってしまえば同じだ。

無量は水中マスクをおろした。

＊

萌絵はその頃、殿ノ浦(とのうら)のフェリー乗り場にいた。待合所でフェリーを待っているところだ。タクシーは高いので公共交通機関で唐津(からつ)に戻ることにした。

田舎の駅のようなこぢんまりとした待合所には、他に人影もない。

「おかしいなあ。相良(さがら)さん、なかなか既読がつかない……」

こんな時間までスマホを見ないと言うことは、ないはずなのだが……。

「何かあったんじゃ……」

電話をかけても「電源が切れているか電波の入らない場所にいる」と言われてしまう。電池切れだろうか。充電器を忘れたとかなら市販のもので済ますだろうし、そもそも誰に会いにいったのか。

やきもきしていると、がらら、とアルミサッシが開いて、人が入ってきた。顔をあげた萌絵は、慌てて居住まいを正した。スーツ姿のインテリ系中年男性だ。

「え！」

萌絵は驚いた。二度見してしまった。

「藤枝教授！」

口走った萌絵の声に、藤枝が反応した。

「誰だ。君は」

「あ……っ。私、亀石発掘派遣事務所の永倉といいます。相良忍さんの同僚です。一度、福岡の世界遺産パーティでご挨拶したことが……」

「ああ……。忍くんの」

萌絵のことは全く覚えていないようだ。無量と藤枝が再会したことは、忍から聞いている。子を気遣うどころか、小馬鹿にするようなことを言われたようで、無量はピリピリしていた。

萌絵もいい印象はない。何をしに来たのだろう。また何か無量にケチをつけに来たのだろうか。警戒して気まずくなっていると、藤枝から話しかけてきた。

「〝アキバツの剣〟とやらの正体は、わかったのか？」

「え。あ……はい」

「何だった」

ろくに挨拶もなく問いかけてくる。藤枝は向かい合うようにベンチに座った。にこりともしない。が、聞く気は満々のようだった。萌絵は困惑しつつも不承不承、語った。

藤枝は淡々と聞いていた。

「なるほど。アレが掘り当てた刀剣は、結局、紛い物だったというわけか」

「いえ！　それだって貴重なものです！」

「パスパ文字の銀印とやらは？　印面はどんなものだ？」

藤枝は白田から話を訊いたらしい。やけに食いついてくる藤枝を怪訝に思いつつも、妙に押しが強いので答えを拒めなかった。萌絵はスマホの画像を見せた。

「解読はしたのか」

「はい。〝右副都統印〟とあるそうなんですが」

中国の官名だというのはわかった。武人に与えられるという。

藤枝は相変わらず無表情のままだ。

「これがその刀剣と一緒に伝わってきたのか」

「はい。元寇で攻めてきた高麗軍の軍団長で、捕虜になったひとが先祖だと……」

「ふふ。これはまたとんでもないものを伝え持っていたな。これは万戸印だ」

は？　と萌絵は目を見開いた。ばんこいん……？

「都元帥・金方慶の補佐役で、二番目に力のある将校のものだ。万戸ともいう。ふたりいた。左右の副都統。そのうちの右。金周鼎という人物だ」

「金……周鼎……」

「どうやらその刀は、金周鼎のものだったようだな」

「わかるんですか！　この銀印から」

「弘安の役を起こす前、高麗軍の武将たちは、元の皇帝から印と牌を授かっている。『高麗史』にそう書かれている」

すらすらとこういう知識が出てくるのは、さすがとしか言いようがない。

「ほう。しかし印影は〝管軍万戸印〟ではないのだな」

鷹島からはずいぶん前に「管軍総把印」という青銅印が出ている。万戸は総把よりずっと上に立つ、いわば司令官的存在だが。

「それに管軍総把印よりはだいぶ小さい。使い分けでもしていたか。まあ銀だからな」

「あのう。牌……というのは？」

「身分証のことだ。ネームプレートのようなものだな。これを皇帝から授けられることで、身につけている人物の身分を保証した。この時代は金属にパスパ文字で名が刻まれていたはずだ。身分が高い者の牌は金の板でできていた」

印と牌、その両方を皇帝から授かることが、武将の名誉であり、本人確認の身分証明だったのだ。

「金周鼎たちは、第二次東征の前に、元の皇帝から虎頭金牌と印信を賜った。と、『高麗史』は伝えている。……つまり、それのことだろう」

「こ、この銀印を……フビライ・ハンから⁉」

「それと虎頭金牌。金牌の中でも特別で、虎の絵が刻まれている。それは伝わっていないのか」

萌絵ははっと気づいた。松波が言っていた言葉を思い出したのだ。

「……そういえば、刀剣と印と一緒にもうひとつ、金原家に伝わっていたものがある、と。でもそれは、だいぶ前に失われてしまったと」

「ほう。それは残念だな。牌も残っていれば、もう間違いないものを」

「印だけでは不十分ですか？」

「不十分ということはないが、牌は肌身離さず本人が持っていただろうから、より本人である証明になる。つまり本人がいた証明になる」

研究者らしく明晰で淀みがない語り口調だ。尊大で横柄なイメージしかなかったので、萌絵はちょっと驚いた。意外にも冷静でクレバーな表情にも。

「本物の刀剣は見つかってないのか」

「はい。でも、探すあてはあるかも」

「あてとは？」

「ここではなく、唐津の高島かもしれないんです！　調べにいってみようかと」

「ほう。君のところの事務所はずいぶん自由だな」

「夏休みなんです」

「熱心なことだ」

藤枝は涼しい顔をしてスマホを返した。

「あのう……藤枝教授はなにをしにこちらへ」

「水中発掘とやらを見に来た。昨日は中止になったからな」

「お忙しいのに？」

「私も夏期休暇中だ」

「ああ、それで」

会話が途切れると、きまずい空気が漂う。藤枝は意に介さないようだが。

「……西原くん……息子さんの現場を見に来たんですね」

「ちがう。あくまで水中発掘の視察だ」

「息子さんの作業の様子が見たいんですよね」

「くどい。関係ないと言っている」

この港は調査船の母港でもある。午前の作業が終えて戻ってくるのを待っている、というわけか。しかしこれでまた鉢合わせたら、無量も平静ではいられないだろう。

時計をみれば、そろそろ昼時だ。調査船が戻ってくる時間だった。

そうこうしているところへ、一台のワゴン車が港にやってきた。

降りてきたのは、相良忍ではないか。

「え！　相良さん……！　今までどこにいたんですか！」

萌絵が待合室から飛び出して駆け寄った。が、忍の様子がおかしい。

いつもなら朗らかに「ごめんごめん」と頭をかいて言い訳するはずなのに、萌絵を見ても忍の反応は鈍く無表情で一瞥したただけだった。すっと心臓が冷たくなった。萌絵が常々『氷の女王』という童話に出てくる「カイ少年」になぞらえる、あの〝忍〟の気配だった。

「永倉さん。調査船はついた？」

声が暗い。立ち竦む萌絵は、無言で首を横に振った。

「そう」

「あの、相良さん……？　今までどこに……？」

答えはない。忍は待合所にいた藤枝にも気づいたようだが、無表情で軽く会釈をしただけで、桟橋のほうへと歩いていく。忍を乗せてきたワゴン車には、他にも誰か乗っているようだが、スモークが張ってあって中が見えない。同乗者が誰なのか、萌絵は訊ねることができなかった。声をかけられる空気でもない。いやな予感がした。

そこへ沖合のほうから調査船が戻ってきた。

「忍……っ。来てたのか」

接岸した調査船から無量が駆け寄ってきたが、忍はにこりともせず、小さくうなずいただけで目もくれず、黒木のほうへと近づいていった。

「黒木さん、相談したいことがあるので、ちょっとつきあってもらえますか」

「ここじゃだめか？」

「ここでは話しづらいので」

車でついてきて欲しいという。同乗してくれとは言わなかった。

忍はワゴン車に乗り込み、元来た道を走り出す。黒木も司波の車を借りて、後についていく。明らかに様子がおかしい。ただならない感じがした。

「西原くん！」

「永倉、なんなんだ、あいつ。なんかあったのか？」

「昨日から連絡が取れなかったの。いきなり現れたかと思ったら、いきなり『ついてこい』なんて」

無量も嫌な気配を察知した。すぐに広大を呼ぶと「車出して」と頼みこみ、助手席に乗り込んだ。萌絵もすかさず後部座席に乗り込み、忍たちの車を追って走り出す。無量は、居合わせた藤枝には気付いてもいないようだった。

「藤枝先生、お待たせしました。おや？　今のは相良くんですか？」

調査船から下りてきた白田が言った。藤枝は一連の出入りを腕組みをして眺めていたが、あからさまに苦々しい顔をするとあざけるように鼻を鳴らし、

「精鋭チームと聞いたから、少しは見所があるかと思いきや……。くだらんことに首を突っ込んでうつつを抜かしおって。印綬があるなら牌符もついてくることくらい、発掘屋なら見当がつくだろうに。見るべきものが何もわかってない。これだから駄目なのだ。アレは」

「どこにいくんです。西原くんの作業を見に来たんじゃないんですか」

「あんな浮ついた連中の水中発掘など、見る価値もない。帰るぞ」

といいうと、きびすを返してしまう。知らない間に父親から手厳しい評価を下されたことなど、行ってしまった無量が気づくはずもない。露骨に関心を失った藤枝は、不機嫌そうに車へと乗りこんでいった。


忍の車が向かった先は坂の上にある歴史資料館だった。その玄関先で降りた。

無量たちも追いついた。手前で車を停めて降り、建物の陰に隠れながら近づき、やりとりが聞こえるところまでやってきた。

「おい、なんなんや。いきなり後を追えって」

「しっ。なんか様子がおかしいんだ」

猛暑がぶり返し、クマゼミがうるさい。伊万里(いまり)湾を見渡す高台にある資料館は、平日とあって訪れる客は少ないのか、他に人影もない。玄関前で降りた黒木は、忍から不穏な空気を感じとったのだろう。

「エイミの身に何かあったのか」

「エイミさんは無事です。ハン氏の遺体を引き取って日本を離れるそうです」

忍は静かに向き直った。

「用件は、エイミさんのことではありません。銀印のことです」

なに？　と黒木は目を鋭くした。忍は交渉人めいた顔つきになり、

「銀印を売ってください」

「……。なんだと」

「この値段で買い取ります。ご検討を」

と言うとメモを差し出す。黒木は一度、視線を落とし、すぐに目を上げた。

「どういう風の吹き回しだ？」

「……」

「こんな大金、君みたいな若者が出せるわけもないだろう」

「銀印を手に入れたいと言っている人がいます。僕は代理人です」

黒木は事情を読み取ったらしい。急に険しい顔になった。

「……。例のモグラじーさんか」

「依頼は匿名で」

「断る」

即答だった。黒木は突き放すように言った。

「銀印は当家のものだ。売るわけにはいかない」

「いいえ。金原（きんばる）家のものではありません。金原家はとうに所有権を手放しているんです」

「なんだって」

「諸橋（もろはし）という人物に譲渡され、その諸橋氏から買いとったそうです。所有権は間違いなく依頼主にあります。あなたから買い取るというのは、あくまで元（もと）の所有者に対する敬意と厚意からです。特別なはからいだということを理解してもらわねば」

「……………。それでも断ると言ったらどうする」

「盗まれたものとみなして警察に被害届を出すそうです」

「被害届だと！」

「黒木さん。バロンが銀印の所有者だというのは事実のようです。悔しいが、法的にはどうしようもない。このままではエイミさんが盗んだことにされてしまいます」

「この家に刀と一緒に伝わってきた先祖の品物を、あの祖母がそう簡単に人手に渡すはずがない！　何かの間違いじゃないのか。その諸橋という人物が勝手に譲渡されたと言ったのでは」

「そうだとしても証明する手段がないんです。バロンのもとには買取証があります。この目で確認しました。今はおとなしく引き渡してください」

「渡せない」

「エイミさんを犯罪者にしたいんですか！」

　黒木は言葉に詰まった。忍は冷静な表情にも悔しさを滲（にじ）ませている。

「……僕だって本当はこんなこと言いたくない。でも今は一旦（いったん）引き渡すしかないんです。黒木さん」

「この銀印を、奴らは何に使うつもりなんだ」

「オークションに出すつもりのようです」

「なんだと」

「あなたと無量が発掘した刀剣と一緒に、出品するつもりのようです。あの銀印が、刀剣の出自証明になるのだと言ってました」

ばかな！　と黒木は声を荒げた。

「あれは兄貴が埋めたうちの刀だ。レプリカを本物と偽って出品する気か！」

「……。エイミさんはそのために拘束されていたようです。嘘の鑑定書を書かせるために」

黒木は絶句した。憤りのあまり、こめかみに血管が浮き始めた。

「エイミに嘘の鑑定書だと……？　ふざけるな！　あいつは自分の鑑定が公正で正確であることにずっと誇りを持ってた。誰よりも信頼される鑑定士になるために努力してきたんだ。それを……冗談じゃない！」

黒木が思わず忍の胸ぐらをつかんだ。

「エイミはどこだ。どこにいる！」

「バロンの手下と、もう空港に向かっている頃でしょう」

「銀印がどうなってもかまわない。だがエイミを巻き込むな！」

「黒木さん！」

物陰から無量と広大が飛び出してきて、黒木を後ろから押さえた。黒木はなおも忍につかみかかろうとするが、ふたりに阻止されて近づけない。

「落ち着いて、黒木さん……！」

ふたりがかりで押さえ込まれて、黒木はやっと手を下ろした。だが興奮が収まらない。

「おまえが連中にばらしたのか、相良。銀印がここにあること」

「僕じゃない。その前にバロン氏は知っていた」

「俺は言うてへん！　ガレさんには一言も言ってへんて！」

広大がすかさず否定した。

「なら、どうしてばれたんだ」

「わからない」

忍は追い込まれた表情で、言った。

「だが、やはり今は引き渡すしかない。黒木さん」

「……もしかして、相良さん。ゆうべ、私と別れたあと、エイミさんを助けにいったんですか」

背後から萌絵も進み出てきた。

「それでこんなことに」

「………」

萌絵に危害が及ぶと脅された、とは口にしなかった。どの道、銀印は所有者に返さなければならなかったのだ。

　黒木にとっても苦渋の選択だ。エイミがバロンのもとから決死の思いで持ち出しただろうことを思うと、なおさら、苦しかった。だが、拒めばエイミが窃盗犯にされてしまう。

「……………。わかった。銀印は返そう」

「黒木さん！」

「金はいらない。連中の汚れた金など」

「交渉成立だな」

　別の男の声が聞こえた。忍が乗ってきた白いワゴン車からおりてきたのは、

「！……ガレオス！」

「ガレさん……っ」

　広大が悲鳴のような声をあげ、たちまち怯えたように無量の陰に身を隠した。それまでのやりとりをスマホで聞いていたガレオスは、醒めた目つきで広大を見やり、

「おまえには心の底からがっかりしたよ。コーダイ。この俺に嘘をついたな」

「お……おれは……っ」

「信頼するバディに裏切られるとはな」

「あんたじゃない」

　無量が即座に言い返した。

「こいつのバディは、俺だ」

「無量……」

広大をかばいながら、無量はガレオスに真正面から対峙した。ガレオスは不思議そうに見て、不敵な笑みを浮かべた。

「君が西原無量か。陸でトレジャー・ディガーなどと呼ばれているそうだな」

「ご存知なんすか。光栄ですね」

「だが多少泳ぎが巧い程度では、海のハンターにはなれんよ」

そうせせら笑うと、ガレオスは黒木に向き直った。

「久しぶりだな。ジン。さあ、銀印を渡してもらおうか」

「ガレオス、おまえ……っ」

「陸の上で無駄な争いはしたくない。さあ」

黒木は心底悔しそうにしていたが、飲み込むようにして胸元から指輪ケースを取りだすと、ガレオスへと渡した。ガレオスは中身を確認し、自分の懐に収めた。

「これでいい。君はよくやった、相良忍。口座番号を教えてくれ。報酬を振り込もう」

「いりません。そんなもの」

ガレオスは鼻で笑うと、広大を振り返った。

「また連絡するよ、コーダイ。次会った時にでも、ゆっくり話し合おう」

広大は顔を強ばらせている。怯える広大のかわりに、無量が言い放った。

「二度と会わせない。あんたとは」

「ナイト気取りか。度胸は認めよう。だが」

ガレオスは車に乗り込みながら、言った。

「……サガラはそこにいるカラテガールを守るために、交渉人を引き受けた。そのことをせいぜい忘れないよう」

無量たちがギョッとして、萌絵を見た。萌絵もたちまち察した。視線を向けると、忍は苦々しそうに立ち尽くしている。ガレオスを乗せたワゴン車は資料館を後にした。

「相良さん……」

銀印をみすみす渡してしまった無念を、忍は嚙みしめている。

重い沈黙に堪えられなくなったように、無量が言った。

「このままオークションに出されていいのか」

「よくない。だが、バロンは自分たちが手に入れた〝アキバツの剣〟はレプリカでなくオリジナルのほうだ、などと言い張ってる」

忍は歯がみしながら、言った。

「しかもオークション会社のエージェントまで抱き込んでる。偽の鑑定書もいともたやすく通してしまうだろう」

「そんな……」

止める手立てが見つからない。

アスファルトから陽炎が立ち上る。照りつける太陽に肌を炙られながら、無量たちは沈痛な思いで立ち尽くしている。

*

午後の作業を終わらせた無量たちだったが、終始、空気が重かった。

宿舎では忍と萌絵が待っている。

夕食をとった後、皆が揃ったところで「対策会議」を開くことになった。

「このまま見過ごしていいのか」

口火を切ったのは、司波だった。食堂に集まった発掘チームの面々は、難しい顔で押し黙っている。蛍光灯のどことなく寒々しい明かりが、皆の胸中を照らしている。

「……気持ちはわかりますが、司波さん。そりゃ我々が首を突っ込むことですかね」

シャカさんこと赤崎は率直だった。

「我々の仕事はあくまで調査でしょ。あがった遺物が……ましてや、子供がいたずらで海底に埋めた刀のために、我々がそこまでせにゃならん理由がない。我々が出る幕でもないですよ」

「しかも相手は素性も知れない怪しげな買付人ですよ。わざわざ巻き込まれにいくこともない」

白田も同じ意見だった。そうでなくともラフな手を使う連中だ。すでにチームメンバーの緑川が怪我を負わされている。

「そのとおりだ。だから皆は手を引いてくれ」

黒木は腕組みをしたまま、硬い表情で言った。

「おい黒木……」

「元はといえば、俺の身内の話だ。皆を巻き込みたくないし、これ以上負担をかけたくない。シャカさんと白田さんの言う通りだ。この件はここで終わりにしてくれ」

「おまえはどうすんだ」

「俺は……方策を考える。銀印を取り戻すのは難しいだろうが、刀剣については、まだあきらめていない。どうにか取り返したい。だが」

と言葉を切り、椅子から立ちあがった。

「そのことに皆を巻き込むつもりはない。話し合いはお開きだ。ここから先は、俺ひとりで解決する」

そう言うと、黒木は出ていこうとする。出口の前に立ちはだかったのは、忍だった。

「どいてくれ。相良」

「気持ちはわかりますが、この件で悔しい思いをしているのは、何もあなただけではないですよ」

忍が皆のほうを促すと、無量たちも確かに、ここで引き下がるような表情はしていない。無量の気持ちは固まっていた。

「俺も手伝いますよ。黒木さん」

「おまえはもう手を引け。これ以上巻き込みたくない」

「いや。そういう問題じゃないんす。レプリカを本物だって嘘ついて人騙すやつをのさばらせていいのかって話でしょ」

捏造を憎む彼らしい言葉だった。

「……まして自分が掘り当てた遺物ですよ。黒木さんの兄貴が埋めたんだとしても、出土遺物は出土遺物っすよ。横取りされて、しかも売り飛ばされるのを、黙ってみてられるわけないでしょう」

「俺も同感だ」

司波が言った。

「……発掘調査で出た遺物はすみやかに取り上げて、記録をとった上、保存する。調査チームの一員としては最後までやり遂げないうちに人手に渡すわけにはいかない。まして偽の鑑定書なんかつけられてたまるか」

「司波さん……」

「俺たちは発掘屋だ。考古学者だ。掘り出した遺物の真実がねじ曲げられるのを見て黙ってられるか。これは発掘屋の矜持だ。考古学者の沽券にかかわる。プライドにかけても、俺は阻止する」

　司波の言葉は無量にとっても我が意を得たりだった。そうだ。これは発掘屋のアイデンティティーに関わる問題だ。プライドをかけた問題なのだ。

「……むろん厄介な案件だから、全員に強要はできない。これはあくまで司波海中考古研究会が担当する第二調査区から出た遺物の問題だ。内海さんはまして公務員だし、立場もある。シャカさんと白田さんもこれ以上関わらなくていい。すまなかったな。時間をとらせて悪かった。もう行ってくれ」

　赤崎と白田は顔を見合わせ、後ろめたそうにしながらも、席を立った。ふたりは食堂から出ていった。だが、内海は残った。

「内海さん、あんたはこれ以上、俺たちのすることは耳に入れないほうがいいんじゃないかな」

「いや、残る。公務員だからとかは関係ない。俺だって考古学に携わる者の端くれだ。不正は見逃せない。手伝わせてくれ」

　侠気がある。司波はその心意気を受け止めた。

「灰島、おまえはどうする」

「俺は司波さんについていきますよ。もとよりそのつもりです」

　食堂に残ったのは、司波をはじめ、内海、灰島、黒木、広大、無量の六人。そして忍と萌絵だった。

「でも、取り返すと言っても、どうするんです？　相手はバックにシンジケートもついてる連中なんでしょ」

と灰島が言った。しかも暴力に訴えることもいとわない危険な連中だ。

「正攻法では難しいでしょう。かといって、力尽くというわけにもいかない」

忍が作戦参謀めいた明晰な口調で、言った。

「一番効果的なのは、あの刀剣が本物ではないことを――レプリカであることを皆の前で証明してみせることです」

「証明する方法があるのか」

「はい、司波さん」

忍は力強くうなずいた。

「〝アキバツの剣〟は、本物にはあってレプリカにはないものが、ひとつだけあります。それは茎に刻まれた文字です」

「文字が刻んであるのか？」

「対馬藩に伝えられている話によれば、〝アキバツの剣〟には李成桂が自ら刻み込んだという刻印があるんです。このような」

と忍はホワイトボードの前に立ち、ペンを手に取った。

〝右軍都統使　李将軍授阿只抜都武運〟

「……十五文字が」

「そうか。レプリカを作った時の金原家は、そもそも本物が朝鮮半島にあったことも知らなかったわけだ。李成桂の文字など、知るはずもない」

司波が言うと、広大も興奮して、

「それめちゃめちゃ切り札になりますやん！」

「ああ。またとない証拠になる」

忍は確信をみなぎらせて言った。

「だが、言葉で指摘するだけでは言い逃れをされてしまうかもしれない。言い逃れのしようがない、決定的な証拠を出さなければ」

「どうやって？」

無量が問いかける。忍は真剣な眼差しで答えた。

「本物を見つける」

なんだって！　と全員が驚いた。

「本物って……行方不明になっているオリジナルを探し出すっていうのか！」

「ああ、そうだ」

「どうやって……っ。どこにあるともしれないのに」

「〝アキバツ　ノ　ツルギ　ハ　タカシマ　ニ　アリ〟」

忍は言った。

「タカシマを探す」

「えっ。でも鷹島はどこ探しても出てこなかったんやろ？」

と広大が言った。忍が萌絵を促すと、おもむろに立ち上がり、ホワイトボードに地図を貼った。

「タカシマと呼ばれる島は全国に三十五あります。対馬から出た船は、博多に向かっていたとのことなので、福岡県と佐賀県と長崎県に絞りました。丸をつけたところです」

「こんなにあるんか」

広大が驚いたのも無理はない。七個も丸がある。

「タカシマはタカシマでも、高い低いの〝高〟の字を使う〝高島〟と、鳥の〝鷹〟の字を使う〝鷹島〟とがありました。つまり、刀剣はこの島にあったとは限らないんです」

無量も「そっか」と気がついた。萌絵と行った唐津の宝当神社がある高島。そうだ。そこも〝タカシマ〟だった。

「そのうち、対馬から博多に向かうルートの玄界灘にある〝タカシマ〟を絞りこむと、松浦の鷹島、呼子の鷹島、唐津の高島、この三つが該当しました」

「ここの鷹島にはないっちゅーことは、呼子か唐津か。どっちのタカシマか」

「呼子沖の鷹島は無人島でした。証言では『神社でみた』とあったそうですので、呼子の鷹島は除外していいかと」

「つまり、残りは」

「唐津の高島」

そうだ、と答えたのは忍だった。

「その証言者は唐津の高島で見た可能性がある。明日探しに行ってみようと思う」

「高島にあるというのか。〝アキバツの剣〟が」

司波と黒木も半信半疑だ。そんな剣が本当にあるなら、まず文化財指定されそうなものだが……。

「個人所有ということもあります。とにかく現地で聞き込みをしてみようと思います」

腕組みをしながら、じっと聞いていた無量が、ぼそりと言った。

「……見つけられる勝算はあるのか？」

「正直、そうあるわけじゃない。でも本物を見つけ出すことが、レプリカであることを証明する一番の近道だと思う」

見つけられるかどうかはわからない。だが、何もしないではいられない。一縷の望みにかけるしかない。

「相良くんの言う通りだ。少なくとも七、八十年前には『見た』という人物がいたんだ。ほんの七、八十年前だ。なにも何百年も前のものを探し出そうというわけじゃない。しかも、見たということは、見られるかたちで存在するということだ。土の下に埋もれているんじゃないなら、可能性は高い」

司波はあくまで挑戦の姿勢を崩さない。皆を鼓舞するところは、チームリーダーだ。

「あきらめるのは早い。探そう。みんな」

「はい」

「相良くん、永倉くん。聞き込みは君たちに任せる。俺たちは発掘作業があるから、日中は現場を離れることはできないが、あいている時間にできる限り情報を集めることにしよう」

ならば、とそれぞれに思い当たるところを口々にあげていく。ひとりふたりでは難しいことも、知恵と人脈を持ち寄れば、大きな力になる。それがチームだ。

「陸の地名はカウントしないでいいのか？」

「そうだな。沈没した場所の近くにあるとも限らないわけだし」

「念のため、そっちもピックアップしておこう。地図もってきて」

一度こうと決めたらその一事に没頭する。熱心な男たちだ。ああでもないこうでもない、と延々話し合いは続いた。

「オークションが行われるのは、次の日曜だ。タイムリミットまでいくらもないが、どうにかして見つけ出そう」

心はひとつにまとまった。結束を確かめて作戦会議はお開きとなった。

食堂から出ようとした司波は、外のソファに腰掛けている赤崎と白田に気づいた。司波を見ると、ふたりはどこか気まずそうな顔をしたが、おもむろに立ち上がり、

「……江戸時代の沈没船情報がいるでしょ」

と赤崎が言った。司波が「ああ。まあ、そうだな」と答えると、面映ゆそうに、

「俺の知り合いに博多・唐津・平戸界隈を往き来していた江戸時代の商船についての研

究をしてるやつがいます。そいつに対馬から来た船のデータがないか、聞いてみるよ」

「シャカさん……」

「仕方ないよな。この海から出た遺物なんだから」

と頭をかいている。横で白田もうなずいている。

「私らはチームだしな。協力させてくださいよ。司波さん」

司波は思わず表情を緩めた。

「ありがとう。シャカさん。白田さん」

無量は広大が気がかりだった。ガレオスにあれほど怯えていた広大だ。

皆が食堂から去っていった後も、なかなか席を立とうとしない広大に、声をかけた。

「……無理しないでいいんだぞ。広大」

「ああ」

ガレオスに嘘がばれた。命を助けられた恩義に縛られて、ガレオスの言いなりになっていた広大は、どこか憂鬱そうにうなだれている。制裁が恐いということもあるが、恩人と慕う相手に逆らってしまったことを気に病んでいる。

「おまえはもう関わらないでいい。下手に動いたら……」

「いや。無量、俺も手伝う」

「広大」

「不正は不正やもんな。いくら恩人でも、やったらあかんことは、あかんて、言えるようにならな」

広大も、本当は怖い。強がっているのが無量にはわかった。だが、そうでもしなければ、ガレオスに逆らうことなどできない。思考を止めてはいけない。恩人に感謝することと事の善悪とは別のところにある。

「いっしょに探そうや。絶対見つけるで。〝アキバツの剣〟」

「おまえ……」

無量は、拳(こぶし)で広大の肩をこづいた。広大もこづき返してくる。

本物でもないものを、事実をねじまげてまで本物だと言わせるわけにはいかない。まして、保護すべき海底遺物で金儲(かねもう)けをさせるわけにはは。

発掘屋の意地にかけても、阻止しなければ。

食堂を出たところで、忍と萌絵は黒木から声をかけられた。

「本当にすまない。相良」

いきなり謝られたものだから、忍は驚いた。

「なにを謝るんです」

「銀印のことだ。金周鼎(キムジュジョン)の銀印」

金原家の銀印の主が判明した。高麗軍の右副都統・金周鼎。読み解いたのは、藤枝だった。萌絵からそれを聞き、黒木はもちろん無量たちも驚いた。元から印牌を授かり、『高麗史』にも名が残るほどの人物が、黒木たちの先祖だったのだ。

「エイミのこともすまない。君たちをすっかり巻き込んでしまって……」

「いいんです。こちらこそ、せっかくエイミさんが持ち出した銀印を返す羽目になってしまって。仕方ないこととは言え……」

「まさか私が狙われているとは思いませんでした」

萌絵も後から聞いて、深く落ちこんでしまった。

「相良さんは私を守ろうとしてくれたんですね……。それであんな」

「だからいいんだって。どの道、返さなければならなかった。それよりもエイミさんです」

忍は彼女のことも忘れてはいなかった。

「どうにか偽の鑑定書をオークションの前に取り返したいのですが……。エイミさんの名誉を傷つけないためにも」

鑑定書に嘘を書いたことがばれれば、エイミのキャリアにも傷がつく。いくら脅されて書いたものでも、世間はそうは見ない。どうにか表沙汰にならないかたちで回収できればいいのだが。

「もしかしてエイミと会ったのか？」

黒木は鋭かった。交渉役をさせられたのも、そのせいではないかと。

「はい。黒木さんには、自分は大丈夫だから、心配しないようにと」

黒木をかばうために偽の鑑定書を書くことになった、とは忍も言えなかった。黒木はだいぶこたえているようだ。

「……さっさと捨ててしまうべきだったな。あんな銀印」

「黒木さん」

「あの刀も。掘り出すべきではなかったんだ。見つけてはならない刀だった。ハンが死んだのもそのせいなんだろう。すべての元凶だ。あのまま海底に眠らせておくべきだった。兄貴の魂と一緒に眠らせておくべきだった」

ここ数日の出来事で憔悴しきっている黒木を、萌絵は見ていられなくなって、口を開いていた。

「そんなことありません。お兄さんはきっと黒木さんに見つけて欲しかったんだと思います。自分の夢を継いで一人前の水中発掘師になった黒木さんに」

「夢……？　兄貴の？」

「だって、お兄さんのしてたことは、水中発掘そのものじゃないですか。あんな事故がなければきっと、黒木さんみたいな水中発掘師を目指したんだと思います。天国のお兄さん嬉しかったんじゃないでしょうか。黒木さんに見つけてもらえて」

黒木は立ち尽くしていたが、徐々に目が赤く潤み始めた。

「……俺なんか全然だ。兄貴が生きてたら、俺なんかよりずっとまともで才能のある考古学者になってた」

「西原くんが言ってました。すごいダイバーだって。あんなふうになりたいって」

「無量が？」

　はい、と萌絵はうなずいた。

「自分がもし水中発掘師になるなら、黒木さんみたいなマリン・ディガーになりたいって」

　黒木は真っ赤になった目で天井を見、何度か瞬いた。潤みかけた瞳を乾かし、ふたりに向き直った。

「ありがとう」

　オークションまで、時間はいくらもない。忍は力強く言った。

「やるだけのことはやりましょう。エイミさんのためにも発掘チームみんなのためにも、絶対にオークションを阻止してみせる」

第五章　刀剣の眠る海

萌絵が高島にやってくるのは、これが二度目だった。

海は穏やかだった。夏の日差しに唐津湾が輝いている。桟橋に接岸したバスのような可愛らしい定期船を降りると、忍が眩しそうに手をかざした。

「ここが高島か……。近いね」

「唐津からは目と鼻の先ですしね」

小さな島だ。真ん中にはなだらかな形のよい山がそびえている。宝くじの島をアピールする派手な看板が迎える方角へと、同乗していた客たちがぞろぞろと歩いていく。今日はまだ平日だったが、話題スポットだけあって真夏でもそこそこ訪れる者がいるようだ。

「例の宝当神社？　無量とお参りにきたっていう」

「遺物必当のつもりだったんですけど、見事に当たっちゃいましたよね。おかげさまで御利益ありました。大変なことになってるけど」

「いや、本当のお宝必当を神頼みするのはこれからかもしれないよ」

忍はひなびた漁村の景色を眺め、対岸にある唐津城を振り返った。

「この島にあることを願おう」

ふたりはさっそく島民に話を聞いて回った。例の骨董屋の客は「タカシマの神社で見た」と証言したという。聞くところによれば、高島に神社は三つしかない。ひとつが宝当神社、山のふもとに塩屋神社と稲荷神社がある。塩屋神社というのが高島の氏神様で、一番大きい。

「とにかく行ってみようか」

ふたりは小さな集落の細道を歩き出した。高島の集落は、桟橋のある唐津側だけに固まってある。並んで歩けないほど狭い、家と家の間の道を歩くと、裏はネギ畑になっている。その向こうには、集落を抱くように山が鎮座する。緑が生い茂る畑の先、少し階段をあがったところに、神社の鳥居があった。

「あれか」

境内の木々ではセミが大合唱している。左手に折れたところにコンクリート造の社殿が建っている。ぱっと見たところ、何かの資料館を思わせる建て構えだ。ちなみにもうひとつの稲荷神社はお隣にあった。境内の木陰にほっとしながら、近づいてお参りをした。

人気はない。

社殿の中は剣道場を思わせる。正面に祭壇がある他は、宝当神社のようなゴチャゴチャした感じはない。壁に大きな絵の額がかかっているだけで、萌絵は自分が通う拳法(けんぽう)道場を思い出した。

「誰もいませんね」

「ここにあるのかな……」

誰かに聞いてみるしかない。ふたりは少し戻って、畑で農作業をしている島民に声をかけてみた。

「金の刀……?」

年配女性は首にかけたタオルで汗を拭(ふ)きながら、トマトを収穫する手を止めた。

「はい。塩屋神社にこれくらいの長さの古い刀って、ありますか。こう、柄(つか)が金細工でできていて鞘(さや)が赤い漆塗りの……」

「聞いたことなかねぇ……」

「他の神社でもいいんです。高島でそういう刀が伝わっているという話を聞いたことはありませんか?」

農作業の年配女性はしきりに首を傾げている。

「なかねえ……。そやん立派な刀のあるっていう話は。タイゾーさんに聞いてみたらどやんかね」

「タイゾーさん。その方はどのような」

「高島一番の長老たい。高島の歴史には一番詳しかよ」

「どちらにおられますか。苗字は？」

「ははは。この高島に住んどるのはほとんど『野崎』ばっかりばい」

由来は宝当神社の祭神でもある「野崎綱吉」だ。元大友家の武将で、家中で讒言にあい、この島に逃れてきて、海賊退治をしたことで皆に感謝され、死後守り神として祀られたという。この島は野崎一族の島だった。

畑仕事の年配女性に案内されて、ふたりは「タイゾー」という長老の家を訪れた。宝当神社のすぐ近くに家があり、玄関前の植木に水をやっているところだった。ランニング一枚にハーフパンツという出で立ちの矍鑠とした老人で、御年九十三歳だという。耳が少し遠い他はまったく元気で、ふたりを家にあげてくれた。

「金の刀……や」

「はい。高島の神社で見たという人がいたのですが、何か心当たりはありませんか」

一応、文化財調査という名目でやってきている。忍が少し大きめの声でゆっくり言うと、タイゾー老人は首の後ろをかきながら記憶をたどった。

「私は子供の頃からこの島に住んどるとけど、神社にそがん宝物があるっていう話は、聞いたことなか」

神職は甥っ子だが、やはりそういう話はないという。忍と萌絵は少々落胆してしまった。……まあ、そんなに簡単に見つかるとは思っていないが。

「では、沈没船の話はご存知ですか？　江戸時代の初め頃、対馬から来た船が、この高島の近くで沈んだらしいのですが」

「うーん。唐津は昔から船の往来の盛んかったけん、いっちょやふたつ沈んどってもおかしゅうはなかねえ。この高島も塩作りで潤ったっていうけん、船もたくさん往き来しとったやろね」

今でこそ住民のほとんどが年配の島になっているが、製塩や炭鉱から出た石炭の積み出し港として人がたくさん出入りしていたのだ。

「塩屋神社という名前も、もしかして製塩業から来てるんですか？」

「周りば海に囲まれた島やったけんねえ。海賊に狙われるくらいには豊かやったかもしれんねえ」

「野崎綱吉の海賊退治ですね」

島を襲った海賊の船に単身乗り込んで、帆柱を抜き、その帆柱で海賊どもをなぎ倒して降参させたという。野崎綱吉はこの島のヒーローなのだ。

「うんにゃ待てよ。もしかしたら、あいかな。額じゃなかかな」

「額？」

「江戸時代に塩屋神社に奉納された額のたくさんあったったい。神社の建て替えの時に外して今は確か、市の文化財課が唐津城の資料館で保管しとるよ」

「奉納額」

今でこそコンクリート造りの丈夫な社殿になったが、建て替える前の木造社殿には、絵馬や奉納者の名を記した大きな額が軒下にかけられていたという。それこそ製塩で賑わった頃はたくさんの奉納絵馬や奉納額があったようだ。

「もしかしたら、そこに何かあるとやなかですかね」

忍と萌絵ははっと顔を見合わせた。もしかして、と思ったのだ。

話もそこそこにタイゾー老人の家を出て、桟橋へと走った。あいにく船は午後までないので、海上タクシーに飛び乗った。旅客用モーターボートは定期船よりも速く、瞬く間に唐津へと戻ることができた。

唐津についたふたりが向かったのは、唐津市役所の文化財課だ。そこで塩屋神社の奉納額について訊ねてみた。すると、市内から出た出土遺物の展示館にある収蔵庫に保管しているという。教えてもらった連絡先に電話をして、話を通してもらった。

「大丈夫だそうだ。行こう、永倉さん」

「はい!」

ふたりは展示館に直行した。かつて『魏志倭人伝』にも名がある末盧国があったとされる唐津は、古代遺跡も多い。その出土遺物を収めた倉庫の片隅に、塩屋神社の奉納額はひっそりと保管されていた。

「たくさんありますね……」

「はい。製塩業で利益を得た人たちが奉納してますので、当時の製塩業の資料にもなるかと考えて、保管してありました」

職員の答えに萌絵は「グッジョブ」と親指を立てたくなった。奉納額と言っても様々で、塩田の風景を描いた絵や、製塩道具を額にそのまま貼り付けたものもある。奉納試合をした剣術道場が竹刀を額につけて奉納するような、そういう感じだ。

「あいにくデータ整理がまだできていないので、検索はかけられないのですが」

「いえ。大丈夫です。ひとつずつ、みさせてもらいますから」

忍は手に白手袋をつけて、重ねて立てかけてある絵馬を一枚一枚確認した。畳ほどの大きさのものもあり、萌絵に手伝われながら、確認する。半分ほど見た頃だった。

「これは……っ」

忍が見つけ出したのは、小ぶりの奉納額だった。そこには絵が描いてある。

「刀の絵だ……！」

だいぶ褪色(たいしょく)が進んでいるが、そこに記されていたのは、脇差しほどの長さの刀剣だった。彩色がほどこされている。剝落が激しいが、鞘の部分が朱で塗られ、柄の部分には華やかな金色が残っていた。

「これは！〝アキバツの剣〟……！」

「うそ……っ」

萌絵がすぐにスマホを取りだし、海底から出土した遺物写真と見比べてみる。そっくりだ。この絵に描かれているのは〝アキバツの剣〟なのだ。

「まさか……骨董屋(こっとうや)の客が見たというのは、この奉納額のことか……っ」

高島の住民だったのか、それともたまたま買付に訪れた商人だったのか。それはわからないが、おそらく塩屋神社に参拝したのだろう。その時に、社殿に掲げられていた奉納額を見たのだ。この〝アキバツの剣〟が描かれた額を。

「どういうことです。つまり〝アキバツの剣〟が塩屋神社に奉納されてたってことですか？」

「いや、待って。絵の下に何か書いてある」

それは由来書のようだった。達筆なくずし字で記されている上に、褪色していて読みづらかったが、忍は手袋をはめた指でなぞるようにしてひとつひとつ解読した。

「これは……っ」

「何かわかりましたか」

ああ、と忍は興奮気味にうなずいた。

「この額を奉納した人物は、高島の近くで難破した船に乗っていて、奇跡的に助かったらしい。海の神に命が助かった礼を言うために、この額を奉納したようだ」

「難破した、船！」

「ああ……。その時、刀剣を携えていたらしい。刀剣は沈んでしまったが、肌身離さず持っていた札は自分とともに無事だったと。海に沈んだ刀剣は海の神に捧げると。これは沈んだ刀剣の絵だ。記録を残すつもりで額を奉納したんだろう」

「沈んだ刀剣……神に捧げる……」

「奉納者の名前は〝対馬の伍平〟……対馬！」

ふたりは思わず顔を見合わせて叫んだ。

「それ〝アキバツの剣〟のことです！　相良さん！」

「絵の下に小さく記してある。〝刃渡一尺の腰刀にて。銘あきばつと申し候〟」

忍は興奮を隠せない。

「死んでなかったんだ。生きていたんだ、対馬藩の中間は……！」

対馬藩が朝鮮との癒着がある根拠だと讒言されて、幕府に嫌疑をかけられた。それを探りに潜入した幕府の隠密から隠すため、持ち出したものだ。

「日付は……〝寛永十四年十月吉日〟……。まちがいない。対馬で柳川一件に判決が下った二年後だ」

「例の国書偽造事件の後ですね。でもこんなに堂々と書いて大丈夫だったのかな」

「現物がなければ、幕府も追及できない。それに寛永十四年は島原の乱が起きた年で、幕府も対馬藩もそれどころじゃなかったろう」

「それで伍平はそのまま住み着いたと」

「ああ。〝対馬の伍平〟は生きていた。だが刀剣は」

忍は表情をこわばらせた。

「――海の底だ……」

萌絵も絶望的な気持ちになって、立ち尽くしてしまった。

「そんな……。じゃあ、見つけることは」

「無理だ」

さしもの忍も茫然としている。

「鷹島沖であの刀が見つけられたことだってほとんど奇跡なのに、どこに沈んだとも知れない刀剣をみつけるなんて……不可能だ」

忍たちの計画は行き詰まってしまった。

わかったことは、本物の〝アキバツの剣〟も海の底だということだけだ。

*

結局、それ以上の収穫を得ることはできなかった。

忍と萌絵が足取りも重く宿舎に帰ってくると、発掘チームの面々もすでに現場から帰ってきている。風呂からあがった無量が、ふたりを見て駆け寄ってきた。

「どうだった」

「骨董屋の客が見た、という根拠はわかったんだけどね……」

忍は肩をすくめ、調査結果を報告した。刀剣が陸にあってくれることを期待したのだが、やはり海の底にあるようだ。

「あきらめるのはまだ早いぞ」

「司波さん」

話を聞いて待っていた司波が、タブレットを片手にやってきた。

「内海さんの釣り仲間に唐津で漁師をやっている人がいて、漁師仲間に海底遺物らしきもののある場所を聞いて回ってもらってるそうだ」

「それは心強い。鷹島でも海底遺跡の特定は、漁師さんの証言を集めることから始めてましたものね」

「それから、シャカさんが沈没船の件を当たってくれた。文献のほうを当たって全国の沈船記録を収集している研究者がいてね。それらしき記録が見つかった」

司波はタブレットを操作して、一覧表を見せた。

「これだ。寛永十二年の夏に対馬から博多に向かっていた弁才船・宝満丸が、唐津沖で沈んだという記録がある」

「宝満丸……。宝船みたいな名前ですね」

「対馬の山の名前だ。対馬・壱岐・博多を結ぶ専用廻船だったようだ」

「寛永十二年……。あの奉納額と時期も一致する」

忍が司波にスマホで撮った「塩屋神社の奉納額」を見せた。そこに描かれた刀剣の図を見て、無量も目を瞠った。

「そっくりだ。俺たちが海底で見つけた刀とよく似てる」

「そうか。やはりこれが〝アキバツの剣〟なんだな」

「となると、その船の沈没地点にまだ剣は埋まっている確率が高い。陸上にあったならかえって誰かの手から手に渡っていたかもしれないが、海の底に沈んでいるというのは、考えようによっては、探しだすチャンスとも捉えられるぞ」

司波のあくまでポジティブな考え方は、無量たちを勇気づけた。

「まだ三日ある。シャカさんに頼んで、宝満丸の原史料を当たってみよう」

「司波さん、ちょっと来てくれ」

食堂にいた内海が黒木とともに海図を広げていた。

「唐津湾の海底遺物がありそうな場所、いくつかピックアップできたよ」

いくつか丸が書き込まれている。漁船が用いる魚群探知機などのソナーで反応がある場所は、大体、特定されている。ソナーの種類によっては、海底面下にあるものが軟らかい遺物か硬い遺物か、というところまで判断できる。あとは実際に引き揚げられた遺物でも判断できる。

船自体はフナクイムシにやられて残っていなくても、遺物を見れば沈船かどうかが大体読み取れるのだ。

「高島の周りにもいくつかあるなあ。どのへんだったのかな」

「船と一口に言っても、いつのものかがわからないと」

「過去にあがった遺物も、こっちは土器でこっちは陶磁器とあるから、時代から見て、新しいのは東側かな。荒天時の沈没で生存者が高島に漂着したとなると、台風のコースにもよるが、南にあって北東に進んでいたなら、沈没地点はもう少し陸よりになるが」

「航行中だったのかね」

「唐津に嵐よけで来たんだと思うが、投錨が間に合わなかったのか……」

黒木たちトレジャーハンターは沈没船を探すのは本職だからお手の物だ。潮の流れから遺物が移動する方角まで読みとる。

「ちょっと調査船貸してもらってもいいですかね。唐津湾一回りしてソナー反応を確認してきます」

「今からですか」

「潜るわけじゃないからソナー見るだけなら夜でもいけるだろ」

奉納額には具体的な沈没場所の手がかりとなる記述はなかった。もう少し情報が欲しいところだ。

そのときだ。萌絵のスマホに電話がかかってきた。出てみると、先ほど奉納額を見せてくれた資料館の職員だった。

「え？　あの奉納額にゆかりのある方がいらっしゃるんですか？」

皆が一斉に注目した。奉納額の整理をしていて、たまたま判明したという。

「はい、是非！　是非お願いします！」

やりとりを終えた萌絵が、満面の笑みで忍に言った。

「相良さん、〝対馬の伍平〟の子孫が唐津におられるそうです！」

「ほんとうか、それは！」

「明日、お会いできるそうです！」

忍は無量とうなずきあった。沈没した場所の手がかりが、なにか摑めるかもしれない。

「なんでもいい。とにかく行ってみる」

「ああ。頼む、忍。俺もなんとかしてみる」

あと三日しかない。

途方もない探し物だが、オークションを阻止する切り札は「本物」の存在だ。

なんの目印もない大海原から、たった一振りの刀剣を探し出すのは無謀でしかない。

だが、どうにかしてやり遂げなければならない。

＊

「地元漁師の情報によれば、この辺だが……」

夜の唐津湾は、波も穏やかだった。

調査船に乗って唐津湾までやってきた無量と黒木たち潜水チームは、唐津の街明かりを船上から眺めた。西から海へと張り出している小高い山が黒崎山、火力発電所の大きな二本煙突のシルエットが目印だ。船首の向こうに小さな島が浮かんでいる。

「左側が高島だ」

「なるほど。だいぶ陸に近いんですね」

「水深が浅くなっている。風も避けられるし、錨泊にはちょうどいいはずだ」

操舵するのは、灰島だ。かつて海上保安庁の潜水士だったという灰島は船舶免許も持っていて、漁船くらいの船を動かすのはお手の物だ。地元漁師の情報によれば、やはり、高島の周辺に多く海底遺物が沈んでいるという。

「唐津港まで目と鼻の先だな。避泊中だったのかな」

港に接岸した船は、台風が来ると、高波や風にあおられて岸壁に衝突してしまう。船体の損傷をさけるため、沖へと出ていって錨を降ろし、台風をやり過ごすのだ。

「この海域は、高島が壁になっていて、東風も北風も南風もよけられる。台風をよけるのに適しているんだな」

「あのへん『唐房』という町名が今も残ってるんです」

と内海が右舷前方を指さした。

「昔のチャイナタウンですね。海外貿易の拠点だった名残です」

「なるほど。どうりで沈船銀座なわけだ」

カラーソナー指示器を覗き込んでいた司波が言った。

「多いな、やっぱり。一定間隔で、ちょいちょい遺物がかたまってそうなところがある。まあ、全部が船とは限らんが」

「サブボトムのほうでも、出てきてますね」

別のモニターを見ていた、黒木が言った。そちらのソナーは海底面下五メートルほどまで届く。埋まっている遺物に反応する。

「しかし、これ全部から絞り込むのは厳しいですよ。一日、二日じゃとても足りない」

ソナーの前で唸っているふたりをよそに、無量は甲板に立って、じっと夜の唐津湾を眺めている。

「どしたんや。無量」

広大が声をかけてきた。先ほどから、まるで見張りのように身じろぎもせず、黙って海を見ているから気になったのだろう。

「酔ったんか」

「いや」

無量は右手の革手袋をそっと外した。この闇に包まれた海のどこかに金色の刀剣が沈んでいる。

右手の感覚に集中しているが、何の反応もない。意識しすぎると、かえって何も感じられなくなってしまうのか。もどかしいほど〈鬼の手〉は沈黙している。ヤケドの傷が生んだ鬼の顔は、まるで右手を頼りにする無量を嘲笑っているかのようだ。

あの疼きが来ないかと、待ちわびている自分に気づいた時、唐突に、藤枝の言葉が耳に甦った。

――見つけ出してやるなどという、その驕り高ぶった目的意識が肥大して……！

いや、と無量は抗った。驕り高ぶってなんかいない。祖父のような執着のモンスターにはならない。

ただ耳を澄ますだけだ。海の底に眠る遺物の気配に。それはきっとかすかな声を発している。

海に出るとわかる。船の上で大海に囲まれていると、自分がいかに小さな存在か、いやでも実感する。それと同時に、陸という日常のほんの目と鼻の先に、海の中という未知の世界が厳然と存在していることに驚く。

そして、そこでは陸上の薄っぺらい知識も常識も、全く通用しない。

海という、この途方もない自然のただ中におかれると、陸の日常では眠っていた感覚が目を覚ます。研ぎ澄まされていくのを無量は感じる。

それだけを感じていればいいのだ、と自分に言い聞かせた。

雑念を忘れて、ただひたすら、五感を解放するのだ。

時という力を抱く遺物に出会った時、無量の右手を疼かせるものだ。陸の上では不気味だと思える感覚も、海の上にいると、そうであることがごく自然であるかのように感じられる。

その感覚に無心で身をゆだねるのだ。

「光……」

「え？」

無量は高島のほうを見つめていた。

「海が光ってる……」

ほら、と無量は指さした。

「あのへん」

「なにいっとんのや。どこも光ってなんかあらへんぞ」

いや。暗い海がぼんやりと発光している。まるで海底に光源があるかのように。

無量が操舵室に向かって言った。

「灰島さん、高島の北側にもまわりこんでもらえますか」

「北側？　そのへんは特に報告はないと聞いてるが」

「最後でいいんです。ちょっとだけ」

遺物埋蔵ポイントをひとつひとつまわって、ソナーの反応をチェックする。高島と唐津港の間を進み、島の周りをぐるりと回って北側に出た。

「ん？　なんかあるな、このへん」

サイドスキャンのモニターを見ていた司波が反応した。

「結構、広範囲に散らばってる。たこつぼじゃないだろうな」

「いや。こっちにも反応ありましたよ」

黒木がサブボトムのモニターを見た。

「岩かと思ったが、碇石（いかりいし）ですね。そこから南側に向かって遺物が広がってる。沈船じゃないですか」

「こっちはノーチェックでしたね」

　無量は海の底を覗き込んでいる。しきりに光っている、と主張するが、無量よりも海には精通している広大にも、見えない。

「ホタルイカの群れでもみたのか」

「いや……。ぜんぜん動かないからイカじゃない」

「なら夜光虫……？」

「青い光じゃない。このへん一帯を照らしてる」

　その感覚に無量は覚えがあった。鷹島の水中遺跡だ。あの「忠烈王(チュンニヨルワン)の剣」を最初に見つけた時も、その一帯が明るくみえた。

「なら、ここにあるんか」

「わからない。わからないけど」

　結局、決定的なものは見つけられなかった。調査を終えて、船は唐津湾を後にする。どんどん遠ざかる高島の島影を、無量はいつまでも見つめていた。

　海は闇に溶け、やがて星明かりが瞬き始めていた。

＊

翌日、忍と萌絵が向かったのは〝対馬の伍平〟にゆかりがあるという人物だった。名は野崎佳枝(よしえ)。元々は高島に住んでいたが、夫が亡くなり、唐津に住む息子夫婦と同居をするため、移ってきたという。塩屋神社の建て直しで奉納額を唐津に持ってきた際、島で聞き取り調査をしており、奉納主の家系と判明していた家だった。

佳枝は六十歳くらいの、おっとりとした雰囲気の女性だ。家の近所のカフェで対面した忍たちは、さっそく事の経緯を語って聞かせた。

「海に沈んどる刀剣ば探すとですか……。それはまた、おおごとね……」

途方もない話に、佳枝もあっけにとられている。

だが忍たちが本気だと知ると、真顔に戻って、応じてくれた。

「伍平のことば知りたかとおっしゃるけん、今日は、我が家に伝わる古か荷札ばもってきました」

「荷札……ですか？」

「はい。先祖代々、仏壇に納めて大切にしとったものです。うちの先祖にあたる伍平は対馬からやってきた人で、塩屋神社に奉納額ば納めたことも伝わっておるとですが、その伍平が大切に持っとった荷札が、これです」

佳枝はバッグから桐箱をひとつ、取りだし、ふたりの前に差し出した。

「これは対馬のお殿様からの預かり物けん決して粗末には扱わんごと、ときつく言い含めて伝えてきたもんだそうです」

　忍と萌絵は顔を見合わせた。預かり物が……荷札？

「もしかして、荷札というのは、奉納額にも記してあった、あれですか。伍平が〝肌身離さず持っていた札〟のことですか」

「はい、おそらく。島の者にも決して見せてはつまらん。いつか対馬藩のお殿様から正式な使いのきたら、お殿様直筆の証書と引き替えに渡せ、と伝わっておったとです。でも、対馬藩はもうとうになかごとなっとるし、我が家で保管しとりました」

「拝見します」

　忍は桐箱の蓋を開いた。

　中に入っていたのは、金属の板だ。だいぶ酸化して表面は赤黒くなっているが、ところどころ鈍い金色が残っている。何か記号めいたものが刻まれているようだが、やはり黒ずんでよく読み取れない。

「何かの文字と思うとですが、読めんとです。漢字でもなかごたるので、どこかよその国の字で書かれとるとではなかかと」

　忍と萌絵は、息を呑んだ。解読はできないが、その字の形状に見覚えがあった。銀印のものと同じだ。これは……。

「パスパ文字です。元の時代に作られた……」

「元の、といいますと、中国のですか」

「はい。そして、これは荷札ではありません」

　忍は緊張のあまり語尾がかすかに震えた。

「これは、牌符(はいふ)です。虎頭金牌(ことうきんぱい)です」

　きんぱい？と佳枝は不思議そうに首を傾げた。忍は顔をあげ、

「高麗の武官・金周鼎(キムジュジョン)が、元の皇帝フビライ・ハンから授かった、身分証なんです！」

「ええっ！」

　佳枝もびっくりして思わず口に手をあててしまう。忍の隣に座る萌絵も、鳥肌が立っていた。藤枝が言っていたアレだ。あの『高麗史(こうらいし)』にも記されている金周鼎の虎頭金牌が、目の前にあることに、興奮が収まらなかった。

「まちがいありません。金牌です。純金ではないので、少し酸化がみられますけど、これは金でできてます。ここ、わかりますか。うっすら虎の顔が」

「でも、なんでうちの先祖がフビライ・ハンからこやんもんを……」

「刀剣です」

　忍も興奮を抑えられない。つい言葉が震えた。

「アキバツは刀剣と一緒に金牌も身につけていたんだ。金原(きんばる)家から失われたのは、そのせいだ。剣と一緒に金牌も持っていったに違いない。李成桂(りせいけい)が倭寇(わこう)であるアキバツを生かして自分の側近にしたのは、この金牌を所持していたからだったんだ」

　すかさず萌絵が口をはさんだ。

「じゃあ、朝鮮出兵で〝アキバツの剣〟を渡した子孫は、刀剣と一緒にこれも？」

「身元証明のつもりだったかもしれない。尤も、この頃にはもうとうにパスパ文字は使われていなかったから、読めたかどうかも定かではないが」

「それが刀剣と一緒に宗氏の手に渡り、さらに伍平さんの手に渡ったと……」

「そういうことだ。沈む船から刀剣は持ち出せなかったが、金牌は肌身離さずに持っていたから、助かった。ここにあるのは、そのおかげなんだろう」

忍は胸の鼓動を手で押さえながら、佳枝に問いかけた。

「おうちのほうで、刀剣については、何か伝わっていませんか？　どのあたりに沈んだとかは」

「実は、この箱の中に古い書状が入っとったとです。文面ば解読してもらったら、奉納額と同じでした。ただ一行だけ、奉納額には記されとらん文章が」

「なんと書いてあったんです」

「船の名です。〝宝満丸は島の北東、兜岩のあたりで沈んだ〟……と」

「！」

それは確かに奉納額にはなかった情報だ。奉納額は皆の目に触れる。悪心を起こして、刀を掘り出そうと企む者もいるかもしれない。用心のため、その情報は載せず、子孫にだけ伝わるように、金牌と一緒に隠したのだろう。

「あの、本当にあるとでしょうか。そやん刀剣。なんだか、童話に出てくる宝探しのお話のごとして……」

佳枝はまだ半信半疑だ。忍たちもまだ実物どころかレプリカもその目では見ていないから、気持ちはよくわかるが、今ここで、まさに本物の金牌を目にした途端、すべてが一気に現実味を持って迫ってきたように、忍は感じた。

「ありがとうございます。野崎さん。感謝します」

「いいえ。私はなんにも」

「ここにこれが存在することが、どれだけ大きいことか、はかりしれない。刀剣がもし発見されたら、すぐに連絡を入れますね」

興奮冷めやらぬまま、佳枝とは店で別れ、ふたりは車に乗り込んだ。

「すぐに無量たちに連絡しよう。沈没地点を特定できるかもしれない」

「はい！」

この広い海で、小さな刀剣一本を探すのは、果てしなく困難なことだ。ほとんど不可能に近いと。だが、にわかに現実味を帯びてきた。金牌の存在は、沈没地点の場所を知らせた以上に、忍たちに希望を与えた。

それでも掘り出すことは難しいかもしれない。

だが、無量がいれば、と忍は思った。

無量ならば、本物の〝アキバツの剣〟を探し出せるかもしれない。

だが、あと二日。二日しかない。

たった二日で見つけることができるのか。

宝満丸の沈没地点を特定できるかもしれない。

＊

忍たちからの報告を受けて、無量たちはさっそく動いた。宿舎に戻ると、海図を囲んで再び作戦会議となった。

「高島の北側、兜岩というのは、干潮の時だけ顔を出す、海面下の岩のことだ。宝満丸はこれにぶつかって船体損傷し、それが原因で沈んだのかもしれん」

「ソナーに遺物反応があったところですね。場所も一致する」

「ビンゴやな。無量」

広大も驚きを隠せなかった。

「おまえが光っとるゆーてたとこやんか」

「………。ボトムの反応でそれらしきものはありましたか」

海底下五メートルあたりまでなら、エコー分析で、そこに埋まっている遺物の大きさや硬軟のデータがとれる。黒木はいくつかそれらしきものをピックアップしていた。

「金属製と思われるものは、いまのところ五個くらいかな。ピンポイントで掘ることになるぞ」

「周到にＧＰＳデータと照らし合わせて、掘っていくしかない」

司令塔の司波が、段取りをまとめた。

「……但し、これは『調査』じゃない。あくまでプライベートの『レジャーダイビング』だからな。そのつもりで関係各所には連絡しておく。なおアブラ代他、必要経費は各々折半」

「ええっ！」

「文句言うな、広大。出したくなけりゃ参加しなくていい」

「だ……だしますよ」

よし、と司波はうなずき、皆に向かった。

「決行は明朝！　延長はない。明日一日で決める！　水中発掘屋のプライドにかけて、探し当てるぞ！」

おう！　と男たちは拳を固めた。

作戦会議が解散となり、それぞれ明日に備えて準備に取りかかった。無量と広大も、部屋に戻り、機材のチェックを始めた。

「金属探知器が使えるのはラッキーやけど、ドレッジもエアリフトも使えないとなると、厄介やな。掘ると、あっちゅーまに泥が舞い上がって、視界がなくなるぞ」

「せいぜいスクーターで飛ばすしかないよな。視界がなくなる前に、当たりをつけないと」

そこはベテランの司波や黒木に任せるしかない。ソナーのエコー反応を精査して、数カ所の候補の中から絞り込むのだ。そう何度もトライはできない。

「水深は二十メートル。鷹島よりもちょい深いってとこか」

「真っ暗ではないが、場所は外海だ。難易度はだいぶ高いな」

無量がフィンの手入れをしながら、言った。

「でも、きっと探し当ててみせる。本物の〝アキバツの剣〟……忠烈王（チュンニョルワン）の剣を」

「せやな。……おおっと」

広大のスマホに着信だ。手に取った広大は、発信先の相手の名を見て、固まった。

ガレオスの名が表示されている。

真っ青になってうろたえる広大を見て「落ち着け」と無量が言った。

「銀印は渡したし、おまえを脅す材料はもうないはずだ。下手に出ると、また何か無理難題を言われるかもしれない。いいから出るな。無視しとけ」

「せ……せやな」

結局出なかった。ガレオスはメッセージを残していった。おそるおそる再生するとガレオスの陰鬱（いんうつ）な声が聞こえてきた。

『おまえたち、本物の〝アキバツの剣〟を探しているようだな』

無量と広大は、ぎょっとした。誰にも言っていない。どこから漏れたのか。

『くだらん真似はやめろ。これ以上、犠牲を増やしたくないなら、おとなしくしていることだ。いいな』

それだけ残して、留守電は切れた。

広大は動揺した。

「お……俺は言ってへん。どこから漏れたんや」

「ああ。おまえじゃない。つまり、まだどこかに内通者がいる？」

無量も険しい顔になった。広大の他にも、まだチーム内にガレオスと通じている者がいるというのか。ばかな。

「……。まずいな。妨害してくるかもしれない。一日しかないのに」

「どないする」

広大でないとなると、全員が容疑者みたいなものだ。誰を信じていいのか、もうわからない。対策をとっても、ガレオスたちに筒抜けになってしまうのでは意味がない。

「何が起きても対応できるよう、備えておかないと。おまえも手伝え。広大」

「おう」

ふたりの準備は夜遅くまでかかった。

いよいよオークションは明後日。探索にかけられる時間は、明日の日中のみだ。

タイムリミットは刻々と迫ってくる。

＊

「虎頭金牌のことは、西原(さいばら)くんたちに言わなかった？　なんでです？」

萌絵が忍に問いかけた。明日決行の知らせを受けて、こちらも準備を始めた萌絵と忍は、唐津のホテルに戻ってきたところだ。忍の部屋でコンビニ弁当をかきこんでいた時に、説明を受けて驚いた萌絵だ。

焼肉をほおばった忍は、ふと神妙になった。

「潜水チームには、まだ、ガレオスの内通者がいる可能性がある」

「えっ。広大さん以外にもいるってことですか」

「ああ。銀印が彼らのもとにあることをガレオスに知らせた者がいる。広大くんは知らせてなかった」

「あれは、ガレオス氏がそう予想して……」

「いや。やつは確かに、黒木氏の手に渡ったと言い切っていた。チームの中にいる誰かが確認したからだろう」

忍は残りのごはんをかきこんで完食すると、ペットボトルのお茶で流し込むようにして、ノートパソコンに向かった。メールをチェックしている。

「下手に虎頭金牌が存在していることがモグラたちに漏れて、野崎さんが狙われたりしては、大変だからね」

「モグラたちは一連のアキバツの話、どうやって知ったんでしょう」

「たぶん、諸橋(もろはし)氏だな。金原清子(きよこ)さんの共同研究者で、銀印をバロンに譲り渡した人物」

　萌絵との会話とメールの返信を同時に行う忍の手は、キーボードの上でせわしなく踊っている。

「松波さんがいきさつを把握してたように、諸橋氏もまた聞いていただろうから」

「けど、諸橋氏はどうして大事な銀印をあんな怪しい人たちに？」

「理由はわからないが、連中は資金もたくさんあるから、それこそ高価買取を持ちかけられたりしたら、お金に困ってるひとは売り払ってしまうだろうね。清子さんのお父さんみたいに」

「……結局、お金なんですね」

「ああ、お金だ。文化財なんてものはどれも、言い換えれば、骨董品や美術品だ。売買されて人の手に渡りやすいものだから、流出しないよう、文化財指定をして管理してるんじゃないか。その管理にもお金がかかる。国の文化財といえども、今どこにあるかわからないものが、けっこうあると聞くよ」

　学術的価値と金銭的価値。考古学業界と骨董業界は、背中合わせだ。

　目の前に札束を重ねられたら、手放すものも多いだろう。

「ただ、それは決して悪いことだけじゃなくて、どこかの蔵にしまいこまれて、誰からも忘れられてた〝価値あるもの〟を、光のあたる場所に出すことにもつながる。まだまだそんなすごいお宝が、日本中の蔵に眠っているのかもしれないね」

「確かに。野崎さんみたいに、自分の家にあるものが、どんなにすごいものか知らない人もいましたしね」

「ただ、誰の手に渡るかが問題だ」

忍はEnterキーをトンと叩いて、腕組みをした。

「テロの資金源にされるような相手には、絶対に渡せない」

「そうですね。レプリカだろうが本物だろうが、そんなところにお金が入るのは絶対駄目」

「なんとしても阻止しないと」

画面には英文の文字が並んでいる。忍は厳しい顔つきで、それを睨んでいる。

「明日の宝探しも、妨害が入るようなことだけはさせてはならない。僕たちも戦闘態勢でいくよ。永倉さん」

「用意してありますぜ。ダンナ」

萌絵は紙袋を指さした。わざわざ福岡のショップで買いそろえてきたものだ。

「いつでも出撃できます」

「うん……。まあ、あまり目立ち過ぎないようにね」

窓の向こうには唐津湾が広がっている。高島の黒いシルエットが、夜の海の真ん中にぽっかりと浮かんでいる。

あの海に、目指すたった一振りの剣が沈んでいる。

＊

無量たち水中発掘チームは、早朝、唐津湾に向けて出発することになった。

しかし出港前にさっそくアクシデントにみまわれた。

「機関トラブル……？　どういうことだ！」

殿ノ浦港についた途端、司波が声を荒げた。昨日まで何事もなく動いていた調査船が、突然のエンジントラブルを起こしてしまい、出港できないというのだ。

「シャフトが折れて部品交換が必要です。取り寄せしてから修理に入るので、動けるのは週明けになってしまうかと」

司波たちは茫然としている。これでは今日中の捜索ができないではないか。

「おい、どうするんだ。今日しかないんだぞ」

大変です司波さん！　と船内から赤崎が飛びだしてきて叫んだ。

「金属探知器がどこにもありません！　昨日のうちに積んどいたのに……！」

「……まさか、これも」

無量と広大は青ざめた。偶然とは思えない。まさか妨害なのか。誰かが船に細工をして探知器まで隠したと……？

「どうしたら……」

皆が茫然と立ち尽くしていた時だった。まだ朝早い時間だというのに、沖のほうから一隻の漁船が入ってくるのが見えた。甲板に立って、こちらへと手を振っている者がいる。

「黒木さん！」

船が接岸すると黒木が桟橋へと飛び移ってきた。

「黒木さん、これはいったい……」

「叔父(おじ)の船だ」

黒木は白い歯を見せて笑った。

「こんなこともあろうかと昨日のうちに連絡を入れておいてよかった。本当に必要になるとはね」

「仁(じん)の叔父の金原です。甥(おい)が世話になっとります」

操舵(そうだ)室から現れたのは、金原祥一(しょういち)だ。清子の息子だった。漁師をやっている。

「事情は仁から聞いとります。うちの家宝がえらかことになっとると聞いて、いてもたってもおられんくなりました。協力ばさせてください」

「ありがたい！　助かります！」

無事、船を調達できて胸をなで下ろした無量たちだったが、再び悲報が入ってきた。

海底面下を探知するサブボトム・プロファイラーが断線されていて使えなくなってしまっている。明らかに人の手によるものだった。

「やっぱり妨害……」

「サブボトムなしで遺物を探し出すのは厳しいぞ」

悲愴な空気に包まれていると、操舵室で出港準備をしていた黒木が出てきて、皆を励ました。

「事前探索でチェックしたデータがあるから、そいつと照合していけば、特定できる。俺がナビゲーターにつくから、なんとかやってみよう」

こんな時、プロのトレジャーハンターの存在は心強い。黒木の言葉は皆を勇気づけた。

「よし、とにかくやってみよう。出港準備だ」

無量たちは機材を船に載せ始めた。いつも使っている調査船よりは小さいが、発掘調査ではないので機材も最低限だ。捜索には申し分なかった。

だが、同じ船の中にガレオスの内通者がいるかもしれない。不穏な空気を孕んだまま、無量たちを乗せた船は、朝日がきらめく海を唐津湾に向けて、出港した。

＊

この日も朝から快晴だった。

雲ひとつない青空からは、真夏の厳しい日差しが容赦なく照りつける。

海上には日陰などというものは存在しない。日差しは強烈だが、海風はほとんどなく、いわゆる、べた凪で、絶好のダイビング日和だ。

「結構、釣り船も出てるんですね」

「休日だから、釣り客が多いな」

趣味で釣りをする人も多く、海上には釣り船がいくつか出ている。

玄界灘は対馬暖流が流れる、世界でも指折りの漁場で、釣りも盛んだ。唐津湾は内湾漁場と呼ばれ、休日ともなると釣り船も多く見かけられる。

「唐津湾はダイビングも盛んなんだ。七ツ釜という有名なダイビングスポットがあって、かのジャック・マイヨールもよく潜りにきてたそうだ」

と内海が言った。無量も名前は知っている。

「ダイバーの神様っすね」

「ああ。海も澄んでるし、ウミウシにクマノミなんかもいる。七ツ釜は昔よく潜りにいった。唐津湾は水中遺物も多いから、何か聞かれてもそれを目当てのダイビングだと言えば問題ない」

極力レジャーを装って、船は目標ポイントに到達した。高島の北側。兜岩と呼ばれる隠れ岩のあるあたりだ。ダイビングスポットとは言えない場所だが、ソナーの反応があったのもこの海域だった。

「よーし、ほぼジャストだ。一回目のエントリーするぞ」

「スタンバってます」

停船した船首で、無量と広大はすでにタンクを背負っている。フィンをつけて、いつでも行ける態勢だった。司波の指示で次々と海に入った。

無量は水中での活動にもだいぶ慣れてきた。広大とともにゆっくりと柔らかく膝を使って、海底を目指す。この季節は魚も多い。カタクチイワシの群れがスコールのように横切っていく。

伊万里湾よりも視界がきくのはありがたい。

ようやく海底にたどりついた。

『おおっ。遺物だらけやな』

水中トランシーバーを通じて広大の声が聞こえた。海底にはそこここに陶器が顔を出している。表面には貝類がへばりついていたりするが、隙間から覗くのは乳白色の茶碗の表面だ。鮮やかな絵付模様が施されている。まちがいない。船の積み荷だったものだ。

無量が防水デジカメで写真を撮った。

『絵付の白磁か。十六世紀以降のものだ。少なくとも古代の船じゃない』

『決まりやな。江戸時代の商船やろ。ビンゴやな』

『一ヵ所にまとまってるところがわかるか』

船上にいる黒木の声が割り込んできた。無量と広大は辺りを探し、陶器が一段と山盛りに固まって出ているところを見つけた。

『ありました。茶碗がごっそり固まってます』

『刀剣らしき埋没遺物の反応があったのは、そこから南に五メートルほどのところだ。深さは三十センチほど。確認してくれ』

『アイサー』

ふたりは突き棒で海底をつく。感触で陶器か別のものかを確かめつつ、慎重についていく。先端がふと金属らしきものにあたった。

『来ました。掘ります』

手スコ（移植ごて）を握り、海底の土を掘り始める。そっとやっているつもりでも砂がまきあがる。掌で土の感触を確かめながら、掘り進めていくと、褐色の遺物が顔を覗かせた。

『キタ。金属やな。刀か』

『いや……』

遺物の正体に気づいて、無量は息を吐いた。大量の泡が目の前を立ち上っていった。

『ちがった。鉄砲だ』

『なんや鉄砲か。って、ええっ！　なんで江戸時代の商船に鉄砲が載っててんねん！』

「密輸とか？」

『あ……なんかヤバイもの見ちゃったカンジ』

宝満丸は禁制の鉄砲を密かに扱っていたのかもしれない。遺物を掘っていると、たまにこういう過去の秘密を暴いてしまうことがある。だが、今は鉄砲密輸のことはどうでもいい。

『ハズレでした、次はどうしましょう』

そんなふうに船上とやりとりをしながら、掘っては確認していく。だが、なかなかそれらしきものに当たらない。海底には船材こそ残っていないが、遺物は多いから、ここに船が沈んでいたことは間違いないが……。

『ここじゃないのかな……』

『この船、宝満丸じゃなかったんちゃうか』

巻き上げた砂でだいぶ視界も悪くなってきた。鷹島の現場と違ってドレッジを使えないのが、つらい。濁度があがることを前提に視界の確保も考慮して、潮の流れの「風下」にあたるほうから掘ってはいるのだが。

『指示お願いします』

『次はそこから西に十メートルだ。盛り上がっているところ』

続けて四カ所ほど掘ったが、刀剣らしきものには当たる気配がない。

二十メートル超の海底で、ハイペースで掘ってきたせいか、さすがに少し疲労が溜まってきた。腕時計型のダイコンで潜水時間を確認する。

『あと一カ所くらいやな……』

『ああ』

『指示とは別に、どっか気になるとこないんか』

言われて無量は海底を見回した。ここで船が沈んで、伍平が高島に漂着したのだとすると、沈没地点から高島の間のどこかに埋もれている可能性が高い。

もしかしたら途中まで持ち出していたかもしれないからだ。

波にもまれている間に力尽きて、手放したとも考えられる。

ここから高島まではおよそ三百メートル。

無量は中性浮力をとりながら、辺りを見回した。

雑念を入れずに海を感じる。青く暗い世界を。体に感じる水圧は、不快ではない。むしろ、何か赤ん坊の記憶を思い出させるような、そんな感じすら、する。

海底に眠る遺物たちを眺め、無量は右手に語りかける。

あいつは、どこにいる……？　と。

見つかるまいとして息を潜めているのか。

それとも、見つけてくれ、と声を発しているのか。

また魚群がレースのカーテンのように横切っていく。誰からともなく方向を変えて、全体が揺らぐ光景は、まるでオーロラのようだと無量は思った。

そのオーロラの向こうに、ふと何か、気配を感じた。

点在する遺物が途切れた、その先に、うっすらと盛り上がっているところがある。土饅頭（どまんじゅう）のようなそれは、海の底にある墓のようにも見えた。

その墓が、うっすら光っているような気がしたのだ。

スイ、と無量がフィンで水を蹴って、そちらに向かって泳ぎ始めた。

『おい、どこ行くん。無量』

広大が気づいて追いかけてこようとした、そのときだった。

トランシーバーから黒木の緊迫した声があがったのは。

『無量、広大！　聞こえるか！』

無量は我に返り、進むのをやめてその場に止まった。いつになく切迫した声だった。

すぐにトランシーバーに向かい、

『黒木さん？　なんすか、なにかあったんすか』

『まずい奴がきた』

『まずい奴？』

『ああ、おまえたちはあがってくるな。どっか隠れられるところがあれば、隠れてろ。合図をするまでじっとしてるんだ、いいな！』

言うと、一方的にトランシーバーは切れ、呼びかけても応答がなくなってしまった。

遥か水面のほうを見上げると、東の方から近づいてくる船の船底がうっすら見える。状況を察した無量と広大は、示し合わせたように、突き棒を海底に刺し、兜岩のあるほうへと急いで逃げた。

近づいてきたのは、クルーザーだった。

釣り船にしては戦闘的なフォルムのその船は、高速で近づいてくると、ゆっくりと停船し、ぴたりと祥一の船に横付けして、止まった。

船上にいる黒木と司波は、顔をこわばらせている。

クルーザーに乗っていたのは、ガレオスだったのだ。

甲板に出てくると、かけていたサングラスを頭に載せて、黒木たちに呼びかけた。

「こんなところで何をお探しですかな。ミスターシバ。ミスタークロキ」

「ガレオス……」

どうしてここにいるのがわかったのか、と言いかけて、黒木は口を結んだ。情報の入手先が、自分たちの仲間であることに気づいたのだ。

「司波さん、あれを」

内海に囁かれて右舷の方角を見ると、高島の陰から現れた数隻のモーターボートが、こちらにまっすぐ向かってくるではないか。

やがて取り囲むようにして止まった。

完全に包囲されてしまった。

「もう一度、聞く。ここで何を探していたんだね」

ガレオスは不敵な笑みを浮かべている。

司波と黒木は追い詰められた表情でにらみ返している。

第六章　バッカスの宴

「こんな海の真ん中で探し物とは……。いったい何かな？」

ガレオスはウェットスーツに身を包んでいる。いざとなれば、自ら潜ってでも、とことん妨害する気でいるようだ。

だが、司波も黒木も動じなかった。余裕の笑みすら浮かべて、

「なんのことだ？　我々は見ての通り、釣りとダイビングを楽しんでいるだけだが？」

「こんなところで？　ははは。見え透いた嘘を」

「おまえこそ何をしてる。ジャック・マイヨール気取りで観光ダイビングなら七ツ釜に行けよ。なんなら案内してやろうか」

ガレオスは笑みを消して、冷たい眼差しに戻った。

「……オリジナルの〝アキバツの剣〟を探しているようだが、諦めた方が良い。さっさと帰ってもらおうか」

「誰からそんな話を聞いた？」

司波も真顔に戻って、問い返した。

「おまえにその情報を流しているのは誰だ」

「ここから去ってもらおうか」

「誰から聞いたかと訊いてる！」

怒鳴った司波は、突然、背中から突きつけられた固いものの感触に、思わず目を瞠った。おそるおそる振り返ると、真後ろに灰島が立っている。

手には拳銃を握っている。

「……灰……島……。おまえ」

「すみませんね。司波さん」

灰島は無表情で言った。

「あの男に、ちょっとゆすられてしまいましてね……」

「ミスターハイジマは、賢い協力者だよ。司波孝。君の右腕は物わかりがいい」

せせら笑うガレオスを見て、司波は憤りをあらわにした。

「ガレオス、貴様、なにをした！」

「工作員を潜入させるのは難しいことじゃない。コーダイだけだとでも思ったのか。おまえたちのしていることは筒抜けだ。さあ！　おとなしく転針してもらおうか！」

船上からガレオスは高圧的に言い放った。チームメンバーたちは頑として動かない。

業を煮やしたガレオスが、携帯電話で指示を出した。すると、包囲していたモーターボートが船に接近し、無理矢理、接舷してきたではないか。

「おい、おまえたち、なにすんだ！」

船は激しく左右に揺れた。数名の男たちが乗り移ってくる。

メンバーたちは乗らせまいと抵抗して、激しいもみ合いになったが、結局全員捕らえられてしまう。後ろ手に縄で拘束されてしまった。

「人数が足りないな」

ガレオスは冷ややかに言い放った。

「東尾広大と西原無量はどこだ」

船上でそんな騒ぎが起きていることなど、海底ではわからない。岩陰に身を潜めた無量と広大は、戸惑うばかりだ。

『おい、何が起きとるんや』

『ガレオスが邪魔しにきたのかもしれない』

はるか頭上の海面にうっすらと数隻の船の影が見える。見上げていた無量は、ダイコンの表示を見て、言った。

『時間がない。行こう、広大』

『行くってどこに』

『掘りにに決まってる。俺たちがまだ潜っていられるうちに』

言うと、無量はフィンを大きく動かし、岩陰から離れた。すぐに広大も追ってきた。

無量が向かったのは、沈船と高島を結ぶラインだ。宝満丸の遺物が途絶え、そこからは白い砂丘のように何もなくなる。
　無量は海底面に目をこらした。海藻が揺れて、小魚が隠れる。無量と広大は海底に伏せるようにして隆起を見る。遺物の気配を探る。
　気になる場所は突き棒でさし、感触で岩なのか遺物なのかを確かめる。だが、なかなかこれというものが見つからない。
『無量、あと十五分が限界や。過ぎたら浮上開始せんと』
『あと十五分……』
　無量は目をこらした。二日前、光を発しているように見えたのは、確かにこのあたり
だ。
　鷹島で「忠烈王の剣」を見つけた時も、海底面が光ってみえる場所があった。黒木の
目にはそう見えなかったようだが、無量には見えた。
　無量は自分の勘を信じた。
　小さく隆起しているところを見つけた。そこに小さな魚が集まっている。沈船などの
海底遺物は魚礁になることがよくあるが、そのあたりを見回しても特に遺物は見当たら
ない。なのに、なぜか小魚が集まっている。なだらかな白い砂丘は、さっき遠くに見つ
けたものだった。
　あの、墓にみえるような、隆起……。

『さっき、おまえがなんかゆーとったとこやな』

『おい……あれ』

無量が白砂の中に奇妙なものを見つけた。

『なんか光ってる……』

『え？　どこ』

『砂が金色に光ってる……』

右手がざわざわと騒ぎ始めていた。ゆっくりと近づいていくと、集まっていた小魚がサッと散った。無量はその真上で体を止めると、指先で砂をかきわけ、掘ってみた。

突然、まばゆい輝きが目に飛び込んできた。

『これは……！』

金だ。金の塊だ。

『おい、無量！　それ！』

『ああ』

体中が興奮していた。手スコを使って慎重に周りの土を掘っていく。金の塊と思われたそれは、金の柄だった。美しい象眼細工が施された刀の柄だ。

無量と広大は顔を見合わせた。満面笑顔になっている。

『マジかよ、無量……！　ほんとにあったぞ』

『まちがいない。そっくりだ。これが本物の〝アキバツの剣〟だ！』

鷹島で掘り当てたレプリカとは輝きが違う。おそらく、こちらは金の純度が高いせいもあるだろう。金細工の繊細さ、出来栄えも遥かにレプリカをしのぐ。高麗軍右副都統・金周鼎の所有していた剣だ。元帥・金方慶から受け取った。

そして、それを授けたのは忠烈王だった。

『すげーな……。おい、すげーわ、無量』

『ああ……ああ』

『鳥肌立ってきたわ！』

だが、のんびり感動している場合ではない。潜水時間には限界がある。あと十分と少ししかない。

『急いで掘りだすぞ。広大』

『ああ、最速で掘るぞ』

出土状況をデジカメで記録し、できる範囲でおおまかに測量することを、ふたりは忘れない。ふたりがかりで刀剣を掘り出していく。全体があらわになった。鞘は四百年も海底にあったとは思えないほど、劣化が少ない。運良く上手に埋もれていたのだろう。持ち込んでいた梱包用のシートへと慎重に移し、丁寧に包み込む。

海底遺物は引き揚げられた途端、急速に劣化が進むので、できるだけ短時間で作業を済ませ、海水を入れた保存ケースに入れなければならない。

ふたりは手慣れたものだ。鷹島の作業でさんざん鍛えられた。

ダイコンを見ると、もう潜水時間ぎりぎりだ。

『いくぞ、広大』

『おう』

刀剣を抱えて浮上を始める。だが……。

ふたりは息を呑んだ。

船の方角から、ダイバーがやってくる。それも、五、六人はいるだろうか。

黒木たちがやってきたのか、と思ったが、そうではない。

『まずい！　ガレオスや！』

『なんだと』

ダイバーたちを連れて、まっすぐこちらに近づいてくる。

『逃げるぞ、無量！』

ふたりはフィンを強く蹴り出し、必死で逃げた。が、ガレオスたちは速い。猛然と距離をつめてくる。このままでは追いつかれてしまう。かといって急浮上するのはもっと危険だ。減圧症を引き起こしてしまう。

『船は……船はどこや！』

ガレオスが猛追する。その勢いはまさに鮫だ。物陰もない海中では逃げ場もない。

とうとう追いつかれた。ガレオスが無量の足を摑む。

すかさず遺物を広大に渡し、逃げろ！　とジェスチャーした。海の中では広大のほうが動ける。遺物が広大に渡ったと知るや、ガレオスが広大を捕まえにかかった。が、無量が体を張って妨害した。

早く行け！

と叫ぶ。広大は全速力で逃げた。手下たちが後を追うが、速い。広大のスピードはガレオスにも負けていない。

無量とガレオスはもみあいになっていた。海中で激しくもみあい、とうとうガレオスの手が、無量の口からレギュレーターをむしり取った。大量の泡が視界を覆った。

がぼ、と息を吐いてしまい、無量は息ができなくなる。レギュレーターを奪われたまま、ガレオスの手が無量の首にかかった。苦しさのあまり、死にものぐるいで手を伸ばす。このままでは窒息する。ガレオスのレギュレーターを奪おうとするが、手が届かない。

酸欠に陥り、視界が暗くなる。意識を失いかけたそのときだ。

いきなりガレオスに真横から体当たりしてきた者がいた。黒木だった。ガレオスを追ってきたのだ。猛スピードで突進してきた黒木に跳ね飛ばされ、ふたりはスローモーションのように海底に倒れ込んだ。

そのすぐ後から追ってきたのは、司波だ。海中に仰向け（あおむ）けに漂う無量をすくいあげると、自分のレギュレーターを無量の口に押し込み、息を吸わせた。危ないところだった。

黒木とガレオスの格闘は続いた。水中では緩慢にしか動けないが、確実に急所を狙って相手にダメージを負わせる。黒木の拳がガレオスの顎下を捉え、レギュレーターが外れ、大量の泡の中でガレオスはもんどりうった。

『広大を追え！　黒木！』

司波の指示に従って、黒木が身を翻す。広大を追おうとした時だった。

ガレオスが背負っていたスピアガンを構えた。

黒木めがけて発射した。

一瞬だった。

スピアガンの銛の先端が、黒木の横腹に刺さった。

黒木の体がくの字に折れ、司波と無量が息を呑む。だが、黒木は屈強だった。歯を食いしばって銛と銃本体を繋ぐロープを引き寄せ、ガレオスの体勢を崩すと、銃身を奪い、グリップの先端をガレオスのみぞおちに二度、突き入れた。

動きの鈍ったガレオスの水中マスクを剝ぎ取ると、その目をめがけて一撃をくらわし、視界が確保できなくなったガレオスはたまらず浮上を始めてしまう。

『黒木、銛は抜くな！　いいから先に浮上しろ！』

『俺がつれていきます。司波さんは広大を！』

無量はぐったりした黒木の肩を下からすくい上げるようにして担ぐと、海面を目指して力強く海水をキックした。

広大は全力で逃げていた。必死だった。だが、屈強なダイバーたちは体力で勝るのか、徐々に距離を詰めてくる。ダイバーたちは手にスピアガンを握っている。射程距離に入るわけにはいかない。撃たれたら終わりだ。

『ひとをタイと一緒にすんなや！』

力を振り絞って泳ぎ続けるが、スピアガンの射程圏内まであと少しだ。

まずい、と思ったそのときだった。

行く手から、別のダイバーが近づいてくるではないか。

囲まれた！　と広大が観念しかけた。が、次の瞬間、向こうから迫ってきたダイバーは広大の脇をすり抜けて、追っ手たちの目の前で海底に何かを投げつけた。

ぼん、とそれは海底で破裂して、たちまち大量の砂煙が舞い上がった。もうもうと海中に拡散する砂煙は目くらましになり、追っ手たちが怯(ひる)んだ隙に広大へ指示して、西の方角へと浮上を促す。

広大は従い、とうとう海面に出た。

助けたダイバーもあとから浮上してきた。

「内海(うちうみ)さん！　赤崎(あかざき)さん……！」

「大丈夫か、広大！」

内海と赤崎は、親指を立てた。

「あそこに船が待ってる。もうちょいだ」

見ると、島影にモーターボートが待っている。乗っているのは萌絵と白田だ。大きく手を振ると、こちらにやってきた。

広大はボートにあがると、抱えていた遺物を甲板で待っていた白田に渡した。

「やりましたよ、見つけました！　〝アキバツの剣〟です！」

「本物か！　見つけたのか！」

「はい、本当にあったんすよ！　〝アキバツの剣〟は！」

「よし、見つかる前に逃げるぞ！」

というと、白田がモーターボートを発進させる。ボートは白波を蹴り立てて、海上を疾走し始めた。その間に遺物は海水を満たした保管ケースに入れられた。

「西原くんはどこですか！」

萌絵が叫んだ。

「無事なんですか！」

「わからん。ガレオスを止めようとして……そのまま！」

「そんな！」

萌絵は悲鳴のような声を発した。

「西原くん！」

無量は負傷した黒木を担いで、どうにか海面に浮上した。

黒木は激痛に耐えて、顔を歪めている。銛は横腹を貫いたままだ。うかつに抜くと、大量出血してしまう恐れもある。

「しっかりしてください、黒木さん！　船は……船はどこだ！」

無量は辺りを見回した。その時だ、白波を立てて島のほうから猛スピードで何かがやってくる。無量は目を瞠った。

水上バイクだ。

操縦しているのは、忍だ。

「無量！　無事か！」

「忍ちゃん……！　黒木さんが！」

負傷していると気付くと、すぐに後ろの座席に黒木を引き揚げる。

「早く病院へ！」

「おまえも乗れ、無量！」

「俺は広大を追う……！」

「いや」

忍はトランシーバーに耳を傾け、

「大丈夫だ。広大くんは無事ピックアップした！」

「いったい何がどうなって……っ。船は！」

　忍が指さすと、祥一の漁船のそばには海上保安庁の巡視船がいる。ガレオスたちが乗ってきたクルーザーは逃げてしまい、モーターボートが何隻か、乗り捨てられていた。

「おまえが通報したのか」

「海賊に襲われてるってね。間に合ってよかった」

　無量！　と少し離れたところに浮上した司波が、こちらに向けて手を振っている。忍も「いま行きます！」と返事をしたが、司波は自力で船に戻ると返してきた。

「それより黒木を頼む！」

　ぐったりとしている黒木を乗せ、無量もその体を支えるために後ろに乗り込んだ。忍はトランシーバーに向かって伝えた。

「こちら相良。黒木さんと無量をピックアップした。黒木さんが負傷してる。松浦川河口の渡船桟橋に救急車の手配を頼む」

　萌絵たちと連絡をとると、「しっかりつかまってろよ」と言って、忍は水上バイクを発進させる。フルスロットルで唐津に向かった。

＊

　刀剣発見を喜ぶどころではなかった。

　救急車に運ばれた黒木に付き添ったのは、忍だった。そのまま手術室に直行することになったが、幸いにも、銛はよく鍛えた黒木の分厚い筋肉に受け止められていて、血管にも内臓にも大きな傷をつけずに済んだ。

無量は、といえば、松浦川河口の係留場で萌絵たちと合流し、そのまま海路で鷹島まで戻ることになった。

水中から引き揚げられた〝アキバツの剣〟は、クリーニングと劣化を防ぐための処理を施すため、密かに埋蔵文化財センターへと運び込まれた。萌絵がつきっきりで作業を見守ることになり、無量と広大は再び車で唐津市内へと戻った。

病院には、忍が待っていた。

「今さっき海保の人が帰ったところだ」

巡視船の到着が間に合い、ガレオスの手下が数名捕まり、司波と灰島も事情聴取を受けることになって海上保安部にいるという。だが、ガレオスの行方はわからない。

「……ともかく、無量、広大くん。ふたりともよくやった。さすがだな。本当にオリジナルを当ててしまうなんて」

「ああ、なんとかね……」

死にかけたけど、と無量は首に手を当てた。さしもの萌絵も海の底までは助けに来られなかった。広大も喜ぶよりも肩を落としている。ガレオスに黒木が負傷させられたことで、ショックを受けていた。

「……そないなこととする人とちゃうかったのに……。もう何も信じられへん」

「灰島さんのことも」

まさか司波の片腕である灰島が内通者だったとは。

塞ぎ込みそうになるふたりを、忍が叱咤した。

「まだ終わってないぞ。僕たちの最終目的は、オークションを阻止することだからな」

「でも、どうやって」

「直接乗り込む」

忍は断言した。

「オークション会場に現物を持って乗り込む」

「そんなことできんのかよ！　だって明日だろ。場所が東京じゃ、とても持って行けない！」

海底からあがったばかりの遺物は、空気に晒すとたちまち劣化する。

海中遺物は陸上遺物より保存状態が良いものが多く、タイムカプセルとも比喩されるが、その分、劣化も急激だ。

大敵なのは酸化だ。それを防ぐため水槽内で水につけて保管しておくのだが、保存処理にはさらに手間がかかる。脱塩・乾燥をしてから、鉄製品ではアクリル樹脂を減圧含浸させること数回、さらに塗布して艶消し剤などの仕上げ作業を施す。木材ではＰＥＧ（ポリエチレングリコール）が用いられるが、それも数ヶ月から一年以上もかかる作業だ。

四百年海底にあった刀剣を、いきなり外に持ち出すことは、遺物の破損につながる。

「僕に考えがある」

忍は毅然として言い切った。

「僕はこれから一足先に東京に向かう。無量、おまえは永倉さんと一緒に動いてくれ」

「本気で乗り込むのか」

「ああ。それしか手がない」

忍は強気だった。

「当人たちの目の前で暴いてみせる。無量、明日オークション会場で会おう」

*

バッカスの東京オークションは、年に二回行われる。

拠点はNYにあり、普段は専用のオークションハウスで行うのだが、電話入札でしか参加できない遠方の客でも参加しやすいよう、世界を回って開催しているのだ。

今回は一週間かけて行われ、東アジアの美術品や骨董品、掘り出し物が多数出品されることになっている。

朝鮮王朝の宮中遺物は、その目玉でもあった。

オークションハウスが再現された、洋風建築の会館には、続々と客が集まってくる。

下見会もここで行われ、一週間貸し切りだ。

バッカスのオークションスペシャリストらも揃って出迎え、常連たちとの挨拶が途切れない。

一般的なオークションは基本的には誰でも参加できるが、バッカスは事前に資産申告が必要で、条件をクリアした客だけに参加証が発行される。

その会場に、忍はやってきた。

パリッとしたスーツに身を包み、物腰も優雅に、赤絨毯の敷かれた階段をあがっていく。参加証を見せて番号札を受け取り、会場内に入った。

「遅かったじゃないか」

着席する紳士淑女の中に、見知った顔がいた。金髪碧眼の欧米人だ。

ＪＫだった。

「チケットを用意してくれてありがとう」

「なぁに。どんなプラチナチケットも必ず手に入れるのが我がＧＲＭさ。それより〈革手袋〉の奴、本当に掘り当てたそうじゃないか。強運にもほどがあるね」

「あれは強運じゃないよ。実力だ」

「上の連中も舌を巻いてたよ。ミラクルでなきゃオカルトだとね。肝心の現物は？」

「……支度が遅れている。間に合うかどうかわからない」

「え？　せっかく掘り当てたのにか？」

「一か八かだ。落札ぎりぎりまで粘ってみせる」

オークションカタログには、無量たちが鷹島で掘り当てた刀剣も載っている。クリーニングされた刀剣は、海底にあった時とは別物のように美しい。こちらは海底にあったのはせいぜい三十数年なので劣化も少ない。

汚れがかえって味わいを生み、レプリカながら十分に価値ある一品に見えた。

「韓国政府筋の代理人も参加するそうですね」

「ああ。斜め右の端にいる男がそれだ。五列前の男女は、朝鮮王朝コレクターで有名なグレッグ夫妻。三列前にいるのが、世界的な刀剣コレクターの劉だ」

この三者の争いになると見られている。始まりの価格は、五万ドル（約五〇〇万円）からだ。

「ずいぶん安いな。連中はハンに五十万ドルで買い取ると言ってたのに」

「結局エイミを脅してタダで手に入れたんだろ。五万ドルでも十分さ。かえって勢いがついて、いい」

ＪＫはお気楽そうに言った。

「まあ、それで済むとは思えないけどね」

「どこまでなら出せる？」

忍が言った。ＪＫは目を丸くした。

「おいおい。サガラ」

「ＧＲＭはいくらまでなら出せる？」

「まさか我々に買い取らせるつもりじゃないだろうね」

「最悪の場合は競り勝ってもらう。あれは決して流出させてはならない」

「おまえの年俸からさっ引くが、それでもいいか」

「返済に何年かかるかな」

オークション開始のアナウンスが会場に響き渡った。参加者たちが次々と席につき、椅子席の両脇に並ぶ電話席にも代理人たちが着席した。

正面にはバッカスの社名がプロジェクションで大写しになっている。

最後に入ってきた男を見て、忍は目を瞠った。

ガレオスだ。

唐津の海で逃げおおせてから、行方がわからなかった。目には眼帯をつけ、大きな青あざがある。会場に紛れ込んでいたのだ。落札者として参加しているのか？　値段をつり上げるためのサクラになるつもりか。いや。

「阻止を、阻止する気か……」

出品者控室にはバロンたちの姿もあった。

絶対に落札はさせない。このオークションは成立させない。

忍は戦いに挑む目になって、静かに胸前で腕を組んだ。

オークションが始まった。

席は全て埋まっていて、後方には立ち見も出る盛況ぶりだ。

壇上の司会進行役であるオークショニアがテンポ良く、次々とビッド（入札）をさばいていく。

ディスプレイには現在の入札価格とロット（競売対象品）の画像が表示されている。

入札者は青い番号札（パドル）を持っている。オークショニアは入札価格を言い、決められた競り幅に従って、段階的に引きあげていく。現在価格を言った時に札をあげている者が、次の価格に入札する意志のある者、と判断される。

「七千五十……七千五十！　他にいませんか！」

入札者がひとりとなり、オークショニアがハンマーを叩くと、落札完了だ。

軽妙な進行をするオークショニアだが、眼光は鋭く、パドルをあげている者ひとりひとりと素早くアイコンタクトをとりながら、意志を確認していく。まだまだ競り合うか、そろそろ厳しいと思っているかを、入札者は表情で伝える。オークショニアはそれを読み取って、進める。声なき濃密なコミュニケーションが瞬時に行われているのだ。

その合間に電話入札も入ってくる。オークショニアの傍らに立つアンダービッダーという補佐役が、カタログを片手にメモをとりながら、何度も言葉をかける。

そのスピード感と空気感は独特だ。厳正な中にも熱気があり、会場は高揚感に包まれていた。

そうこうしているうちに〝アキバツの剣〟の入札が近づいてくる。

忍のスマホが着信を知らせた。電話をとると忍は険しい表情になった。

「……。わかった。あとはまかせてくれ」

「どうした」

問いかけるJKに、忍は言った。

「JK。ぎりぎりまで粘れますか」

「おいおい。うっかり落札しちゃったら、どうすんだ……」

「頼みます」

朝鮮王朝ゆかりの品々が、次々と落札されていく。

そして、とうとうその時がきた。

「次はロットナンバー、四十五。本日の目玉のひとつです。〝アキバツの剣と金周鼎（キムジュジョン）の銀印〟！」

オークショニアが高々と言った。

「朝鮮王朝の李成桂（イソンゲ）ゆかりの品です！　高麗（こうらい）王朝第二十五代・忠烈王（チュンニョルワン）が、元寇（げんこう）の際に元帥・金方慶（キムバンギョン）に授けた餉刀と伝えられています。銀印の持ち主は、金周鼎。右副都統を勤め上げた人物で、この刀を金方慶より授かり、奮戦した英雄であります！」

目玉商品らしく前口上にも熱が入る。実物が運び込まれてくる。

ガラスケースに入った刀剣と銀印は、クリーニングされて、まるで博物館の展示品のようだ。刀剣と鞘は別々にしてあり、銀印指輪もクリーニングされて、本来の輝きをだいぶ取り戻している。

「数奇な運命をたどったこの刀は、倭寇の勇者としてあの『高麗史』にも記された美少年アキバツが帯刀しておりました。李成桂はこのアキバツを実は生かして自らの近衛にしたという、歴史を覆す逸話を証明する一品です！……それでは、五万ドルから！」

パドルが何本もあがった。

あっという間に値段が急上昇して、軽く五十万ドルを突破した。

ＪＫもパドルをあげている。オークショニアは状況をみて競り幅をあげた。すぐに百万ドルに達した。

本命とみられる入札者三名も引く気配はない。値段の高騰にもまったく動じず、パドルをあげ続ける。

忍はスマホを耳に当て続けている。「よし」とうなずいた。

「二百万……二百万！」

駆け引きが始まっている。完全にビッダー三人とＪＫの対決になった。が、さすがにＪＫの顔もこわばっている。

「……おい……いいのか。まだやんのか」

「あと少しです。最後までねばってください」

「最後までって！」

刀剣コレクターが脱落した。残りのふたりは強気でいたが、そろそろ苦しくなってきたようだ。

「二百八十……九十、……三百！」

おおっと会場からどよめきがあがった。日本円にして三億円を突破している。

「三百五十……七十……八十……九十！」

競り合いになってきた。ここからは戦いだ。それぞれの思惑で、いくらまでこの刀剣に出せるのか。その刀剣をどこまで手に入れたいかの執念の勝負だ。

「四百万ドル！」

ＪＫも冷や汗が止まらない。だが、韓国政府筋の代理人と朝鮮王朝コレクターは、まだまだねばる様子だ。ついに——。

「五百万ドルでました！」

忍は腕組みをしてちらりと反対側に座るガレオスを見た。ガレオスは動かない。ただじっとオークショニアを見つめている。

「五百三十……三十五……四十……！」

徐々に競り幅が減っていく。ぎりぎりの攻防だった。政府筋の代理人は苦しそうだ。王朝コレクターもきつそうな表情になってきている。ＪＫはぶるぶる震えている。

「おいサガラ……サガラ……本当にいいのか、いいのか」

「五百五十！」

政府筋の代理人が降りた。残りは王朝コレクターとＪＫの決戦だ。

「五百七十五……八十……八十二……八十二万五千……」

王朝コレクター夫妻が首を横に振る。

「八十二万五千……五千、他にいませんか。いませんか！」

オークショニアの手にあるハンマーが、高く持ち上げられた。その時だ。

「このオークションに疑義有り！」

突然、忍が大きな声を発して、立ちあがった。

流れるように進んできた競りが、ぴたり、とやみ、オークショニアがぽかんとして、ハンマーを振り下ろそうとしていた手を止めた。

「なんですか、あなた」

「疑義有り。このロットについた鑑定書は、解析結果の数値を入れ替えています」

「なんですって」

「入札者の皆さんにお伝えします。この刀剣は、レプリカです。オリジナルではありません。しかも、発掘調査中に何者かに奪われた刀剣で盗品の疑いがある」

会場中が低くどよめいた。

「オークション妨害だ！　早く退席させろ！」

立ちあがって叫んだのは、ガレオスだった。

「この男は落札を妨害しようとしている。早くつまみだせ！」

「ええ、その目的で来ました。このオークションを潰すために」

「なんだって」

会場は騒然となり、警備員が駆けつけてくる。だが、忍は冷静に上着の内ポケットから書面を取りだした。広げて、オークショニアにつきつけた。

「これがもとの鑑定書です！」

「！」

「書き換えられる前の本当の数値が記されています。こちらが偽の鑑定書。見比べて、確認してください」

忍を引きずり出そうとした警備員を、オークショニアが制止して、書面をもってくるようにと指示した。差し出された二枚の鑑定書とサインを見比べ、初老のオークショニアは問いかけた。

「これは……どういうことですか」

「その刀剣は、金周鼎の子孫である金原家で作られたレプリカです。ゆえあって、海底に埋められたレプリカだったのです。出品者はだが、それを知っていて、意図的に嘘の鑑定書を偽造して出品した。しかも鑑定士に捏造を強要した疑いがある。このロットは取り下げられるべきです」

「ばかなことを！　その鑑定書こそ偽造です！」

「偽造じゃない」

「偽造ではない証拠はどこだ。これがレプリカだというなら、証拠をだせ！　誰もが納得できるだけの証拠を！」

「わかりました。では証拠を」

忍がスマホに向けて何か指示を出した。すると、背後の扉が開いて、台車に載せられた大きな箱が入ってきた。運んできたのは、運搬作業員に扮した無量と広大、そして司波だ。

「きさまら……っ」

ガレオスは絶句した。

三人は台車をひいて、堂々と正面に立つと、おもむろに箱をもちあげた。

そこにあったのは、内部に水を満たした大きな透明ポリエチレンバッグだ。その中に、海底遺物が入っている。昨日引き揚げたばかりの、本物の〝アキバツの剣〟だ。

「唐津湾で見つかった、オリジナルの〝アキバツの剣〟です」

「これは……」

オークショニアも入札者たちも、興味深そうにしげしげと覗き込んでくる。まだ貝や苔がこびりついたままの、薄汚れた状態だ。

「海底遺物ですか。これは」

「はい。引き揚げて間もないので、保存処理する前のレアな状態です。最低限のクリーニングしかしていない、フレッシュな遺物です。なかなか見る機会もないと思いますよ」

司波が博物館の展示品でも説明するように、落ち着いた口調で言った。

「この刀剣が見つかった経緯についてお話ししたいのですが、しばしお時間をいただけますでしょうか」

スタッフたちは裏で大騒ぎになっている。むろん別室にいるバロンたちも、モニターで逐一見ている。心穏やかではいないはずだ。騒然となる中で、だが、ベテランオークショニアは冷静だった。

「お話をお聞きしましょう」

裏からは止められているようだが、オークションを仕切るのは、オークショニアだ。

司波は自分たちが鷹島の水中発掘者であることを明かし、オリジナルを捜索するに至った経緯をつまびらかに語った。

「……皆さんを納得させるためには、本物が。オリジナルの現物が必要だと思い、こうしてお持ちした次第です」

「非常によく似ている……。確かにこれはそっくりです」

柄の金細工は、レプリカのほうが遥かに輝いてはみえるが、明らかに出来栄えで見劣りする。金の輝きも合金であるため、かえってギラギラとしてしまい、みるものがみれば、その差は歴然だ。

「その遺物のほうこそ後から作った模造品じゃないのか！」

ガレオスが怒鳴った。

「これだけでは証拠にならん。証拠をみせろ！」

「証拠は、これっすよ」

無量が面倒くさそうに、タブレットを取りだして、皆に見せた。

「この柄に記してある文字です。茎(なかご)をX線で読み取ったやつです」

そこにはくっきり漢字が刻まれている。

「〝右軍都統使(ウグントトンサ)　李(イ)将軍授阿只抜都(アキバツ)武運〟……これが記してあるのは、オリジナルだけだ。レプリカを作った時、そもそも金原家はオリジナルが李成桂のもとにあっただなんて、知りもしなかった」

これにはガレオスも答えを飲み込んだ。

無量は醒(さ)めた目つきで、

「そっちの〝アキバツの剣〟には、これ。刻まれてますか」

「……きさまら……っ」

ガレオスは歯がみしながら、抵抗した。

「それが李成桂(イソンゲ)の剣だとしても、忠烈王(チュンニョルワン)由来の剣だというのは、どこに証拠がある！金周鼎(キムジュジョン)の銀印と一緒に伝わってきたのは、こちらだぞ！」

「そのことでしたら」

忍も正面に進み出て、手にした桐箱を見せた。

「この中に、証拠が」

「なんだそれは」

忍は蓋を開けて見せた。中に入っていたのは、赤黒く変色した金属板だ。

「金周鼎の虎頭金牌。その銀印とともにフビライ・ハンから授けられた、牌符です」

「！……ばかなっ。どこからそれを！」

「対馬藩の中間・伍平の子孫が所有していたものをお借りしてきました。伍平は、対馬藩主の命令で〝アキバツの剣〟を隠すため、島から逃げてきた人間です。乗っていた船が難破して、刀剣は唐津湾に沈みましたが、伍平はそれと一緒に伝わった金牌を、大切に持っていたんです」

忍は皆に見せつけるようにして、言い放った。

「高島の塩屋神社には、その伍平が奉納した額がありました。額に〝アキバツの剣〟が描かれている。それが証拠です！」

「……」

さしものガレオスも、言葉を失った。

タブレットには塩屋神社の奉納額の写真もある。会場は圧倒されたのだろう。しん、と水を打ったように静まりかえった。忍が虎頭金牌をオークショニアに渡して確認を求めると、オークショニアはしげしげと見た後で、うなずいた。

「疑義を受け、このロットには監査が必要と判断しました。よって、ロットナンバー四十五の競売は、中止します」

よし！　と忍が拳を固めた。無量と広大もガッツポーズを決めた。

オークションは一旦休会が言い渡され、会場は騒然となった。

*

「無事成功おめでとうございます！」

会場からロビーに出てきた忍と無量たちを、出迎えたのは萌絵だった。萌絵はかっちりとしたスーツに身を包み、まるでオークション会社の社員のようだ。

「やりましたね！　見事に、ぶっつぶしましたね！」

「ありがとう。これも永倉さんと所長が奔走してくれたおかげだよ」

裏で根回しをしていたのは萌絵と亀石だった。亀石の人脈でバッカスの役員に繋ぎを取り、社員であるエージェントの不正疑惑を訴えて、落札潰しに便宜を図ってもらった。

「……けど、ここまでド派手にやっちゃって。もうちょっと控えめなやり方はなかったの？」

運搬作業員に扮した無量は、帽子を取りながら、呆れた顔をしている。

もちろんバッカスの顔を立てて、裏でこっそりロットを取り下げさせる手もあった。

「だが、それじゃ駄目だ。裏で取引したんじゃ盗難の事実まで隠されてしまう。入札者の目の前ではっきりと現物を見せなければ、不正が闇から闇に葬られてしまうからね」

「だからって……」

「おまえが目立つこと嫌いなのは、よく知ってるよ。無量」

呆れていると、司波と広大もやってきた。

「いや……間に合ってよかった。一時はどうなることかと」

「司波さん、広大くん。ありがとうございました」

「鷹島から車で東京まで……。いや、さすがにへとへとだよ」

その後、東京まで運搬した刀剣をX線解析しなければならなかった。時間ぎりぎりだ。運ぶほうも待つほうも、心臓に悪かった。

「休日でX線解析できるところがどこもだめでね。いちかばちか、東文研（東京文化財研究所）の知り合いに連絡取ったら、やっと引き受けてもらえたよ……」

司波も肩の荷が下りたというように、やれやれ、と頭を掻いた。

「休日出勤させて借りができたと思ったら、うちでもっと詳しく調べさせてくれ、だとさ。見事に食いついてきた……」

「いいことじゃないですか」

「その前に、唐津の警察署に拾得物届けを出さないとな」

出土遺物は、遺失物法に基づき、警察に発見届を提出しなければならない。

「どうします。モグラたちが落とし主だなんて、名乗り出たら」

「ははは。それは勘弁だな」

和んでいると、背後から強い視線を感じて、振り返った。

そこにいたのはガレオスだ。

呪うような眼差しでこちらを見ている。

勇気を出して前に進み出たのは、広大だった。

「……すみませんでした。ガレオスさん」

「黙れ。広大」

「すみませんでした。でも」

「聞きたくない。この裏切り者」

ガレオスは怒りで煮え立つような目をしている。

「あんな連中とつるんで大事なオークションを潰したこと、一生許さんぞ」

縮こまっていた広大は、意を決して顔をあげた。

「……ガレさん、あんたいつから、そんな人間になっちゃったんすか」

「………」

「あんたそんな人じゃないはずでしょ。黒木さんにスピアガン撃ち込むなんて、正気じゃないですよ。昔のガレさんに戻ってくださいよ！　あんた、命がけで俺にエア分けてくれたじゃないですか。自分が死ぬかもしれないのに、分けてくれたじゃないですか！」

「うるさい。だまれ」

「あれが本当のあんたやないですか！　ほんまのガレさんに戻ってくださいよ。こんなことしてないで、一緒に発掘しましょうよ！」

「だまれと言ってる……！」

そこで何を騒いでいる、と。

廊下のほうから重く低い声があがった。

無量たちが振り返ると、控室のほうから現れた一団がいる。その先頭に立っているのは、白髪まじりの老紳士だ。萌絵はギョッとして口を押さえた。

「バロン・モール……っ」

無量は初対面だ。杖をついた老紳士は、VIP待遇なのか大勢の取り巻きを引き連れてこちらを見ている。深くしわの刻まれた顔は苦み走り、眼光の鋭さがただごとでない。暗い底なし沼が放つ怪光のような眼差しは、無量を一瞬、凍りつかせた。

バロンは鷹揚な足取りで、ガレオスのほうに近づいてきた。

「見事に面目を潰されたな。イ・サンボク」

「申し訳ありません……！」

ガレオスは土下座せんばかりに頭を下げた。

バロンは、だが、叱責もしなかった。かわりに杖を持ち上げて、ガレオスの首の付け根辺りに先端をのせた。ただそれだけで、ガレオスは硬直してしまう。

「おまえの大事な先祖の遺品、その目で見られてよかったじゃないか」

「は……はい……」

「どういうことですか」

恐れを知らず問いかけたのは、忍だった。

「彼の先祖の、とはどういうことですか」

「君は」

「亀石発掘派遣事務所の相良忍です。彼の苗字は、李。もしや、李氏朝鮮の王族の子孫だとでも？」

すると、意外にもバロンは笑った。

「この者は、倭寇の子孫だよ」

「なんですって。……待ってください、まさか！」

「アキバツの子孫。そして、宗氏に剣を預けた朝鮮武官イ・ソギョンの、子孫だ」

「！」

無量たちは、あっと息を呑んだ。朝鮮出兵の時、宗義智を助けた敵の武将だ。ガレオスはまさにその直系と伝えられる家の生まれだったのだ。

「では〝アキバツの剣〟のことをあなたがたが知ったのは……」

「ガレオス。おまえがこの人たちに？」

司波の言葉に、ガレオスはうなずきもせず、苦々しい表情をしただけだった。

その剣の存在をバロンに伝えたのは、他でもない、直系の子孫であるガレオス自身だったのだ。

「今度の失態は、長く記憶に止(とど)めておくぞ。イ・サンボク」

「申し訳……ございません……っ」

「なに。おまえが無能だったと言うつもりはない。今回は、おまえよりも優れた発掘者がいた。ただそれだけのことだ」

バロンはゆっくりと首(こうべ)を巡らせ、無量を見た。

「ムリョウサイバラ。こんなに若い男だったとはな……」

「……なんで俺のこと、知ってるんすか」

「トレジャー・ディガー、ムリョウサイバラ。噂にはよく聞いていた。天才発掘師(ディガー)などと呼ばれているようだが、この目で見るまでは、半信半疑だった。だが、陸上よりも難しいと言われる水中で、こんなちっぽけな刀剣を、鮮やかに見つけ出すとは」

バロンは薄い紫色の唇を曲げて、神妙な顔になった。

「これが本物というやつか、末恐ろしいものだ」

「……俺ひとりで見つけたわけじゃありませんよ。チームのみんなで探したんです」

「謙虚だな。だが、わかる」

バロンは杖を下ろして、正面から無量と向き合った。

「おまえが欲しくなった。ムリョウサイバラ」

「………」

「いくらで買える」

そっすね、と言って無量はいつもの不遜な笑みを浮かべた。

「なんなら、オークションで落札してみてくださいよ」

「私は最後までパドルをおろさない主義でね」

いうと、こちらに近づいてきて、杖の先端で無量の胸をトントンと突き、

「狙った獲物は必ず落とす。どんな手を使っても」

無量はゴクリとつばを吞んだ。

「……サドっすね。モグラさん」

「ハンマーが鳴る日を、楽しみにな」

バロン・モールは去っていく。

大勢の取り巻きがそれに続く。居合わせた人々が恐れをなすように道をあけていく。するとそれと入れ違うように私服警察官たちがガレオスのもとに駆け寄ってきた。囲まれる前に、ガレオスが一度、忍たちを振り返った。

「この借りはいつか必ず返す。相良忍」

「………。いつでも受けて立ちますよ」

「その言葉、忘れるなよ」

松浦警察署の刑事たちだった。逮捕状をとられていたのだ。ガレオスは警察官に両脇

を固められて、赤絨毯の階段を降りていった。

残された無量と忍たちは、深く溜息をついた。

「一件落着か……」

「いや」

忍が天井から下がるシャンデリアを見上げて、呟いた。

「まだもう少し。やらなきゃならないことがある」

台車に乗せられた〝アキバツの剣〟は、まだ水の中で眠っている。オークションの熱気が冷めやらない会場は、まるで夢の跡のようだ。

「祭のあとやな……」

広大が無量の肩を勢いよく抱いた。

海底から掘り出され、陸上で出会ったふたつの〝アキバツの剣〟は、銀印とともに、ようやく静かな時間を取り戻そうとしている。

終章

伊万里（いまり）の郊外にある介護老人保健施設は、規模は小さいが、アットホームな雰囲気に包まれていた。忍（しのぶ）が訪れた時は、ちょうどティータイムが終わったところだった。

小さな庭では水撒（みずま）きをしている。ホースから噴き出す水がアーチを描いて緑の芝生へと振りまかれると、きれいな虹（にじ）が現れた。

霧のカーテンが風にながされていくのを、窓ごしに見つめているのは、車イスに乗った痩（や）せた老人だ。

肉の落ちた頬に骨の浮いた手、老人は長く病を抱えているようだった。

「こちらのお庭は、手入れが行き届いてますね」

相良（さがら）忍が声をかけていった。男性はゆっくり振り返り、

「……若か頃は庭作業が好きで、剪定（せんてい）も自分でしよったばってん、もうハサミも握れん」

「ここからは海も見えるんですね」

「ああ」

「諸橋旭さんですね」

忍は名刺を差し出して、

「昨日お電話をさせてもらった相良といいます。お話を聞かせてもらってもよろしいでしょうか」

諸橋旭は、金原清子の共同研究者だった。

伊万里焼専門の小さな骨董商をしている家に生まれ、自身も後を継ぐべく勉強に励んでいたが、歴史学に目覚め、松浦党についての研究を始めたという。鷹島にいる松浦党の子孫である清子と出会い、研究を通して、親交を深めた。

清子の信頼は厚く、家に伝わる銀印を預けるほどだった。

忍は、諸橋がその銀印をバロン・モールに譲った理由が知りたかったのだ。

「リサイクルショップば経営しよった息子が大変な借金ば抱えてしまってね」

諸橋はしわがれた声で、ゆっくりと話した。

「家まで差し押さえられかけたところに手ば差し伸べてくれたのが、あの男やった。イ・サンボク」

ガレオスだった。

忍は驚いた。ガレオスは諸橋の古い知人だったのだ。

「出会った時、サンボクはまだソウルの高校生だった。素直で勉強熱心な若者やった。

〝アキバツの剣〟ば宗氏に預けた武将の子孫で、剣の消息ば調べよった」

親交はしばらく続いたが、水中発掘師になったとの知らせを最後に連絡が途絶えていたという。十数年ぶりに現れたイ・サンボクに、諸橋は援助をもちかけられた。

「サンボクは、清子さんから銀印のことば聞いとったごたった。銀印ば自分に譲ってくれたら、借金返済ば援助すると」

「それで金原家に無断で……」

「背に腹は替えれんかった」

痩せた体を丸め、諸橋は消え入りそうな声で言った。

「彼ならきっと悪かようにはせんやろうと思った。元寇研究に役立ててくれれば、清子さんも納得してくれるやろうと。そげん信じることで、私は銀印ば手放す後ろめたさに蓋ばして、自分に言い訳しとった」

好青年だったサンボクしか知らない諸橋は、彼が銀印をオークションにかけるとは、思ってもみなかったのだろう。

「人を見る目の、私になかったとやろね。……いや、これも清子さんの信頼ば裏切った罰たい」

諸橋が清子から銀印を預かったのは、清子が亡くなる三ヶ月前のことだった。病が進行し余命少ないと知った清子は、銀印を諸橋に預け、然るべき機関で科学鑑定を行ってくれるよう依頼したのだ。家に代々伝わってきた宝が本物であることを、死ぬ前に、確かめておきたかったのだろう。その結果を知る前に清子は逝った。

「銀印は清子さんの形見になってしもた。金原家に返さんばと思ったばって、金周鼎（キムジュジョン）の印綬（いんじゅ）の貴重さに目がくらんでしもた。欲深かやった私に、バチの当たったとやろね」

筋の浮いた首を力なく垂れ、諸橋は言った。

清子の孫である黒木弦（くろきげん）のことも、よく知っていたという。

「清子さんは、本当にかわいがっとったよ……。弟の面影を重ねよったとやろなあ」

「弟さんがおられたんですか」

「戦時中、学徒出陣で神風（かみかぜ）特攻隊に志願して、鹿児島沖で亡くなった」

忍は言葉を失った。

諸橋は遠い眼差（まなざ）しをして、日が傾き始めた海を見た。

「清子さんはそれ以来、神風という言葉ば忌み嫌うようになった。蒙古（もうこ）ば沈めた嵐ば神風だなどと持ち上げて、日本は神に守られた国だなどと、言葉ばかり勇ましく旗を振りよった人々ば呪っとった」

「もしかして、元寇研究を始めたのも……」

「蒙古ば追い返せたのは、神風のおかげなんかじゃなか。この国は神に守られたのでも奇跡が起きたのでもなか。そう証明したかった。その一心で、清子さんは研究ば始めたと」

忍は、清子の悲しみの深さに触れたような想いがした。

元寇のエピソードを、神国日本などという戦時中の幻想に利用されたことが、清子には悔しく、いたたまれなかったにちがいない。

元寇の真実を明らかにすることが、清子なりの戦争への抗議であり、清算であり、弔いでもあったのだろう。

「出征前に撮った弟さんの写真のあったそうたい。写真の弟さんは、家宝の剣ば手にしとった。敵の大将の刀ばってん、気持ちは、元寇ば追い払う松浦党と一緒やったろう」

その弟の写真を後生大事にしていた。

清子にとっても思い入れの深い刀だったのだ。

「清子さんは古か記録にも嚙みついた。神風なんて大袈裟に言ったとは後世の人間で、鷹島で沈んだとはほんの百隻かそこら。高麗の大軍はそもそもおらんかった。その証拠に、海からは高麗の遺物は出んはずだと」

黒木が「祖母は神風が吹かなかった証を探していた」と言っていたのは、逆だった。遺物が「出る」ことではなく「出ない」ことが証となるはずだった。

「清子さんはよう言っとったよ。神風が吹いたなどと言って喜んだとは、戦場からはほど遠い京や鎌倉の人間だった。血を流して戦った当事者ではなかと。それと全く同じ感覚が、戦時中の特攻の悲劇ば生んだって」

だが、その海で、孫が命を落としてしまうとは。

二重の悲劇だ。

「弦くんは優秀な子やった。清子さんはそがん弦くんに元寇の正しい歴史ば教え、いずれは金原家の跡取りにしようとも考えとったようだ。だが、特攻への恨みば押しつけられとるごと感じたのか、年頃の弦くんは反発ば……」

「そうだったんですね」

「そがん彼の前にサンボクが現れた」

「！……弦さんと面識が⁉」

兄弟のように仲が良かったという。

年も近く、アキバツの子孫を誇るサンボクは、弦たちが自分と同じ「金周鼎（キムジュジョン）に連なる血筋」と知って、他人とは思えなかったのだろう。

「弦くんの葬式でも、サンボクはずっと泣き続けとった。自分のせいって言って」

「それはどういうことです」

「約束ばしたそうたい。本物ば探そう。まだ海に沈んどるかもしれん本物のほうの〝アキバツの剣〟ばどっちが先に見つけるか、競争ばしよう。そがん持ちかけたそうたい。無理ばさせた結果、事故の起きた……」

忍はそこまで聞いて、ようやく気がついた。

ガレオスだけではない。黒木弦も、家宝の剣がレプリカであることは初めから知っていたのだ。

知っていて、レプリカを「本物」にするために「埋めた」というのか。

ガレオスとの競争に勝つために。

——おまえに手柄ば取らせてやるけん。宝探しばしてみろ。

弟にそう言ったのは「本物」として発見させるためだったと？

「いや。私のせいかもしれん……」

諸橋は白い眉を下げて、うなだれた。

「どういう意味です？」

「私は清子さんとは反対の立場やった。高麗軍の遺物は出るはずだ。高麗軍も蒙古軍も押し寄せたのだ。清子さんの説は間違いだと。弦くんの前でよくぼやいとった。高麗の遺物のたくさん出ればよかとにと。……ある日、弦くんに訊かれた。海から高麗の遺物の出れば、あの高麗仏も元寇船のものだと証明されるとか？　と」

高麗仏？　と忍は聞き返した。

「もしかして鷹島の市杵島神社に祀られている、あの高麗仏のことですか」

「知っとるとか？　そうたい。金原家に近いあの神社たい。境内は遊び場やった。あの仏像にも幼か頃から思い入れのあったとやろう。ばってん、倭寇が盗んできた仏像だと揶揄する大人が周りにおってね。ずっとモヤモヤしとったようやった」

——そうやね。高麗軍の来た証拠が海から出れば、あの仏像が元寇船の守り神やったと胸張って言えるようになるとやろうね。

諸橋はそう教えたという。

その数ヶ月後に、弦は海で死んだ。

「忠烈王(チュンニョルワン)の剣の出れば、高麗軍が来たという十分な証拠になる……。祖母への反発から、そがんことば考えたとしても、おかしくはなか」

だが、本当のところはどうだったのか。

真実は、今となってはもうわからない。

気難しい思春期の心は、まるで深い海のようだ。底が見えない。

「……私が植え付けた先入観のせいやったとやろうか」

諸橋の目に、うっすらと光るものがあった。

「そいであの模造刀ば埋めにいったとしたら……」

今回の発掘に参加したのが、黒木仁(じん)でよかったと、忍は思った。

あの剣は、本物の「忠烈王の剣」を写したものであることは間違いない。彼がいなければ、高麗軍が来た証拠だと、みなされていた恐れもある。

運命は、黒木仁に「間違った遺物」を回収させるために水中発掘師へと導いたのだろうか。そう仕向けたきっかけが弦の死だったとすると、弦の死は「間違った歴史」を防ぐためには避けられなかったのではないか……。

刀剣を埋めさえしなければ、弦は死なずにすんだのではないか……。

ぼんやりとそんなことを思い、いくらもしないうちに、不謹慎な妄想だと自分を叱りつけて頭から振り払った。

弦が最後に残したという言葉が、忍の心を騒がせる。

——宝探しばしてみろ。

まるで自分がこの世から去る人間だと予感していたような言葉だと忍は思った。

少なくとも、自分が掘り当てるつもりはなかったのだろう。

誰かが見つけて初めて、それは「歴史」になるのだと、彼は知っていたのかも知れない。

弦の真意はわからない。今となっては、もう誰にも。

遺跡発掘と同じだ。今の人間にできるのは、遺されたものから推しはかることだけだ。

真実は海底よりも深く遠く、もう手の届かないところにある。

*

鷹島での水中発掘調査は、最終日を迎えた。

最後の潜水作業を終えて、調査船が母港である殿ノ浦港に戻ってきたのは、もう辺りも暮れなずんでくる頃だった。

西日の差す波止場には、数名の男女が待っていた。

「おかえりなさーい！」

手を振ったのは、萌絵だ。その隣には入院していた緑川と黒木の姿もある。ふたりとも同じ日に無事退院して、最後の作業終了を出迎えに来ていた。

「もう退院したのか、黒木！　大丈夫なのか！」

係留作業を終えた司波がおりてきた。

「ああ。緑川さんと一緒に退院できるよう、医者に無理を言った。お疲れさんです」

「おう」

司波は黒木と拳をぶつけあった。松葉杖をついた緑川とも拳をぶつけた。緑川は最後の作業に間に合わなかったことを悔しがっていた。

「まったく、えらい目に遭いましたよ。犯人が捕まったとは言え、もう二度とこんな危なかしい発掘はこりごりです」

「その通りだな。緑川くんには本当に申し訳なかった。怪我の具合はどうだ」

「順調です。次こそは碇石を引きあげますよ」

「そうか。打ち上げには参加できるんだろ？　怪我に障らないくらいに呑もう」

調査船からは無量たちが機材を運んで下りてくる。萌絵が駆け寄って出迎えた。

「お疲れ様。手伝おうか」

「おう。なら、ここにてん箱積んでくから、ワゴン車に積んで」

「モエやん！　わざわざ迎えにきてくれたんか！」

広大が子犬のように船から下りてきた。いつのまにかハイタッチをする仲になっている。

「モエやん、俺のために迎えにきてくれたんかあ。そないに俺のこと愛しとんか」

「広大氏、作業終わったら、焼きハマグリおごってくれるっていうから！」

「ははは。食い意地か！」

意気投合しているふたりを、無量はイラッと横目に見つつ、赤崎（あかざき）たちと話している黒木のもとに向かった。

「黒木さん、もういいんすか」

「おかげさんで銛（もり）に刺される魚の気分がわかったよ」

「さすがっすね。無事終わりました」

「お疲れさん」

「あざっす。黒木さんも」

拳と拳をぶつけあう。黒木は傷のある横腹を抱えながら、役目を終えた調査船を感慨深く見やった。機材の片付けに追われるメンバーの中に、灰島（はいじま）だけが見当たらない。

「……灰島さんは、その後、どうしてるんだ」

「はい。海保で事情聴取を受けた後、今は司波さんの指示で謹慎中です」

内部情報をガレオスたちに伝えていたことのペナルティとして、減俸処分になった上、調査への参加を禁じられた。

「なんか、娘さんに危害を加えるってガレオスから脅されてたみたいです。昔、コルドの違法売買に一瞬関わったことがあったみたいで……」

「ずいぶん多額の借金があったとは聞いてたよ」

黒木は傷のあたりをさすりながら、呟いた。

「あの人も俺と同じ、業界で身を持ち崩しかけて、司波さんにすくってもらったクチだからな」

だが、灰島は心まで売ったわけではなかった。

「……唐津湾で奴らに拘束された後のことだ。ガレオスがおまえたちを探して海に飛び込んだ後、手下たちをぶっ飛ばして、俺と司波さんを助けてくれたのは灰島さんだった。あの時、灰島さんが機転を利かせてくれなかったら、おまえを助けにもいけなかった」

ガレオスたちに従いつつも、ぎりぎりまで、逆転のチャンスを狙っていたのだろう。

その直後に海上保安庁の巡視船が駆けつけて、どうにか事なきを得たが、一歩間違えば、灰島自身も命を落としかねなかった。

「怪我をした黒木さんには申し訳ないことしたって……」

「この年になれば、後ろ暗いことのふたつやみっつ、抱えてるのはお互い様だ。俺は気にしちゃいない」

黒木はいつもの飄々とした口調で、風に吹かれている。

「いろいろあって迷惑をかけたのは、こっちだ。おまえにも危ない目に遭わせた。すまなかった」

「いえ。力不足なのは、こっちです。オークションは止められたけど、結局、刀剣と銀印は取り戻せていない……」

塞ぎ込む無量の頭に手を乗せ、黒木はぐしゃぐしゃと髪をかき混ぜた。

「本物の〝アキバツの剣〟を見つけ出したんだ。それでよしとしようや」

「黒木さん」

「皆への御礼に豪勢な料理を用意しておいた。祥一叔父さんが今朝獲ってきた魚だ。今夜はうんと呑もう」

そこへ港におりてくる坂道のほうから、車が一台、やってきた。そこから降りてきた人物を見て、黒木があっと声をあげた。

「エイミ！　エイミじゃないか！」

現れたのは、エイミだった。白のワンピースに身を包んで、黒髪を海風になびかせている。運転席から降りてきたのは、忍だった。

「よかった。間に合って。どうしても母港で迎えたいと」

「エイミさん！」

駆け寄っていった萌絵に、エイミは微笑み、日本流に頭を下げた。

「太宰府では助けてくれて、ありがとうございました」

「無事でよかった。まだバロンのところに拘束されてるのかと心配してました」

「GRMの方に身柄を保護してもらっていました」

GRM……？　と萌絵が首を傾げるのと、忍がどきりとするのが同時だった。エイミ

は気に留めることなく、

「米国の遺跡保護団体の方です。偽の鑑定書を書かされた件では、バロンに対して訴訟を起こすことになりました。専門の弁護士を紹介してくださったり、なにかと便宜を図ってくれるようです」

　鑑定書の捏造を強制させられたとして訴えるのだという。相手が相手なのでまともに勝てるかどうかはわからないが、自分の肩に降りかかった火の粉は自分で払うという、エイミの強い意志が垣間見えた。

「皆さんに一言、御礼を言わねばと思い、相良さんにお願いして、ご挨拶に……」

「エイミ……」

　立ち尽くしている黒木のもとへ、エイミは近づいてくる。

「もう怪我は良いの？　ジン」

「ああ、いつまでも寝ちゃいられない」

「よかった。命に別状がなくて……」

　エイミのもとに発掘チームの皆が集まってきた。エイミはひとりひとりと挨拶をかわして、こう告げた。

「このたびは本当にご迷惑をおかけして、申し訳ありませんでした。皆さんが発掘した遺物を、返しにきました」

　全員が一様に驚く中、車のトランクから、忍が腕の長さほどある桐箱を抱えて近づいてきた。忍が「確認してください」と言って、司波へと差し出した。

蓋を開けてみると、中に入っていたものは、金柄の刀剣だ。

それは無量たちが鷹島の海底遺跡で発見した刀剣だった。

サミュエル・ハンによって海底から持ち去られた、あの。

「バロンのもとから取り返すことができたんですか」

「彼は手放しました」

エイミは静かに言った。

「オークションで盗品疑惑をかけられてバッカスが再審査していたのですが、バロンも一度オークションの場で派手に疑義をつけられた品物を持ち続ける意味はないと判断したのでしょう。あくまで自分たちは盗品とは知らなかったという立場でしたが」

荷担したバッカスのエージェント・ロジャーは解雇されたという。

「銀印のほうは」

「そちらは金原家のかたが協力を」

金原家が預けた銀印を、諸橋氏が勝手に売却してしまった、として諸橋氏とバロンに訴訟を起こすかまえをみせた。オークションでの騒ぎが新聞沙汰になったこともあり、コルドに捜査の手が及ぶことを恐れ、バロンは銀印の所有権を渋々手放した。

もっとも金原祥一は、本気で訴える気はなかったのだが。

「今はバッカスで預かっています。金原家の方は博物館への寄贈を希望していることもあり、東京の文化財研究所に持ち込まれることに―」

「科学分析ですか」

「はい。その後、しかるべき場所に所蔵してもらえるのではないかと―」

無量たちが唐津沖で見つけたオリジナルの刀剣のほうも、同じく東文研に持ち込まれて、保存処理をしながら、解析待ちをしているところだ。

「虎頭金牌の所有者である野崎さんにも、全部お伝えしました。野崎さんも寄贈を考えておられるようです。いずれ、どこかの博物館に、刀と印と牌が揃う日が来るかもしれませんね」

そうか、と皆は安堵の息をついた。

「しかし、ほんとうにすごいことだな……」

元軍としてやってきた金周鼎の印と牌。そして金方慶に授けられた忠烈王の剣。

それらが七百年以上の時を経て、揃うこともすごいが、いまに残っていること自体が奇跡だ。

「しかも、その刀には李成桂の刻印までされてるんだからな。夢のようなお宝だよ」

緑川が感心すると、赤崎がおどけたように、

「なにを言う。俺たちが掘りあげた元寇船の船体だって負けてないぞ。立派なお宝だ」

「そのとおりだ。お宝を載せてきた船だから、宝船だな。宝船の発掘だ」

一同は大きな声で笑った。

とはいえ、と水をさしたのは白田(しろた)だ。

「皆も知っての通り、金周鼎(キムジュジョン)は捕虜にはなってない」

えっ、と無量たちが目を剝(む)いた。

「え、あの、ちょっと待ってください。金周鼎は鷹島で捕虜になったんじゃ……」

「記録では、ちゃんと金方慶(キムバンギョン)たちと生きて高麗に帰還してる。その孫はやはり倭寇と戦い、李成桂(りせいけい)と対立もしたそうだ」

「えっ、じゃ印と牌を持ってたのは誰です！　捕虜になったのは！」

「影武者か。それとも高麗に戻ったほうが影武者か」

司波がにやにやと笑って言った。

「それは歴史の闇の中だ」

「そんなあ」

最後の最後でやられた無量と広大を見て、皆が大笑いした。

「……まあ、そのあたりの真相は定かでないが、金周鼎の孫と対立してた李成桂は、同じく金周鼎の牌と刀を持つアキバツを利用しない手はなかったかもしれん。アキバツを助けたのも、そんな理由があったのかもな」

ひとしきり笑った後で、黒木がふと表情を曇らせて、

「……ガレオスはどうなった」

「今は拘置所に。バロンはガレオスに騙(だま)されていたことにしたいようです」

「結局、都合の悪いことはガレオスに押しつけて、尻尾切りか」

やりきれない表情で、黒木は溜息をついた。ハンの死は、やはり他殺だったという。ハンはあの夜、黒木と会った後、何者かに海へ突き落とされて溺死した。

ハンは、鷹島沖で出た刀剣に別の買付希望者がいることをほのめかして、バロンに対して高値をふっかけようとしていた。それに怒ったバロンの指示で、殺害されたという。

刀剣はエイミが隠していたが、黒木への冤罪をちらつかせるバロンに屈し、引き渡した……という経緯だった。

だが、バロンは関与を否定するだろうし、ガレオスもかばい通すだろう。

ガレオスが全部を背負う形で。

「兄貴の友達だったとはな……」

忍から諸橋の話を伝え聞いた黒木は、子供心にうっすら覚えていたという。

葬式で号泣していた、韓国人の少年のことを。

「ガレオスは、弦さんの命日のたびに、ご実家に花を贈っていたそうです」

黒木家の墓で、エイミがガレオスを見かけたのも、正しく墓参りだったのだろう。

「じゃあ、比奈子は奴を知って……」

「面識はなかったかもしれないけど、お花を贈ってくれる韓国の友人だと」

知らなかった一面だ。そこまで気にかけていたとは。

「聞いて、ジン。ガレオスは、あなたが弦さんの弟であることも気づいていたそうよ。あなたと潜るのはまるで弦と潜るようで感慨深かったと。あなたに弦さんの面影を重ねて、兄のような気持ちになっていたと。同時に罪の意識を感じていたと」

「ガレオスが……俺を」

「財団をやめたのは、そのせいもあったのでしょう。あの人は、私たちが知っているよりもずっと実直で不器用な人だったのかも知れないわね」

黒木はバディを組んだこともある。他人にも自分にも厳しいプロフェッショナルであり、越えるべき年上のライバルでもあった。打ち解けて話したこともないが、そうだと知っていたなら、もっといい関係になれたかもしれない。黒木の胸には苦い思いが残った。

エイミが、バッグの中から一通の手紙を取りだし、広大に向かった。

「あなたがコーダイね。実は、昨日、ガレオスの……イ・サンボクの面会に行ってきました。あなたに手紙を預かってきました」

「手紙？」

「あなたに伝えたいことがあると……」

広大は受け取った。便せんを開くと、走り書きのような文字で短い文章が書かれている。エイミが差し入れた便せんのようだった。

広大はそれを読むと、しばらく放心したように口を開き、やがて手紙をたたんで、涙をこらえるように天をあおいだ。

「広大……」

「なんでもない。なんでもあらへん」

袖で目元を拭っている。

無量は相棒の横顔を見つめている。

西日に照らされた伊万里湾は、きらきらと輝いている。

鷹島海底遺跡の水中発掘調査は、全日程を終了した。

＊

打ち上げは、大いに盛り上がった。

刀剣騒ぎでここ一週間ばかりは皆、ろくに酒を飲めてもいなかったので、宿舎での最後の夜は大宴会となった。

丸尾教授やオペレーターなど他のスタッフも集まり、用意した酒はどんどん飲まれて、空瓶が溜まっていく。黒木が自腹を切って用意した豪勢な舟盛り三隻も、あっという間に食べ尽くされてしまった。

「明日はもう潜らないでいいからなあ。つぶれるまで呑むぞー！」

陽気な赤崎が音頭をとると、内海たちもそのノリにのっかって、ますます歯止めが利かなくなる。だいぶ夜も更けてきた頃、宿舎に訪問客があった。

「灰島……！　灰島じゃないか！」

自宅謹慎中の灰島だった。思い詰めた表情で玄関に立っている。

「解散前に一言、皆に詫びを入れなくては、と思い……」

意を決して訪ねてきたのだ。だが、その頃にはもう皆、だいぶできあがっていて、

「ああ、もういい、いい。過ぎたことは気にすんな。それより呑もう！」

司波に肩を組まれて引きずり込まれ、宴会の席に連れ込まれた。皆はワッと沸いて、

「おお、灰島さんが来た！」

「遅いぞ、灰島ー！」

「まったく水くさい奴だ、あんな連中にゆすられて悩んでたなら、なんで一言相談してくれなかったんだ」

内通していたことを責めるどころか、肩を持ってくれるものだから、さしものベテラン灰島もたまらなくなったのだろう。男泣きを見せた。

「いいチームだな」

酔って顔を真っ赤にした内海が言うと、司波も目を細めた。

「ああ、最高のチームだ」

宿舎は貸し切りであるのをいいことに、深夜を過ぎても飲み会は続く。酔いつぶれる

者も出る中、無量はふと広大の姿が見えないことに気がついた。

「部屋で寝てるのか？」

ついさっきまで萌絵と大騒ぎしていた広大だ。どこかでつぶれてるんじゃないだろうな、と探し始めた無量は、テラスのベンチに座り込んでいる広大を見つけた。海のほうを眺めて、ぼーっとしている。

「酔い覚ましか」

「おう、びっくりした。ちょっと呑みすぎたわ。風に当たっとった」

無量が水を差し出すと、広大は一気に飲み干した。部屋からはまだ賑やかな声が、サッシ越しに伝わってくる。

テラスから望む夜の海は、静かだ。

ふたりは肩を並べて、眺めていた。

「終わってもーたな……。鷹島の発掘」

「ああ、三週間って長いと思ったけど、あっというまだな」

ふたりして風に吹かれながら感慨に耽っている。夜の伊万里湾の向こうに、街明かりが瞬いている。無量は「白状するとさ」と口を開いた。

「おまえのダイブ、あんまり巧くなってたんで最初マジ焦った」

「そりゃこっちは潜水が仕事やで。おまえみたいな俄ダイバーと一緒にされたら困るわ」

「……。いろいろ、大変だったんだな」

無量は広大を気遣うように、問いかけた。

「ガレオスさん、なんて？」

エイミから受け取った手紙のことを言っている。広大は心の中で嚙みしめて、空を仰いだ。

「俺が言った〝昔のあんたに戻ってくれ〟って言葉、考えてはるって……」

オークション会場で、広大がガレオスに向かって叫んだ言葉だ。


「潜水艦の引き揚げ事故の後な、あの人もあちこちから仕事干されてもーたらしい。米軍が秘密保持だかなんだか知らんけど、裏から手ぇ回したんやろな。業界中から干されて行き場がのうなって、俺は司波さんに拾ってもろたけど、あの人は、モグラに」

コルドの一員になってしまったのは、あの事故がきっかけだった。

ガレオスは事故後の米軍や周りの対応から、人間不信に陥っていたという。


「俺らほんまは生還を歓迎されとらんかったんやろな。気持ちがねじくれたって……。そう書いてはった」

拘置所の部屋で、ひとり、おまえの言葉を考えている。

手紙には短い言葉で、そんな内容のことが綴ってあった。

コルドの一員に身を落とし、都合の悪いことを全部押しつけられて、とかげの尻尾のように切られた。だが、それが組織での役割だと割り切っていた彼に、広大の言葉だけは響いたのだ。

無心に訴えた、広大の言葉は。

広大が刃向かわずにあのまま言いなりになっていたら、ガレオスを揺さぶることもなかったろう。バディ以外の人間を傷つけることには躊躇しない男だ。だがバディを組んだ人間に対してだけは、自分の命をためらうことなく分け与えることができる。たとえ、自分が死ぬかもしれずとも。

自分だけの掟に従う。善悪とは違うところにある自分だけの掟に。そういう男だ、ガレオスは。心は、バロンにも従ってはいないのかもしれない。

そんな男を動かせる言葉を持つ人間は、そうはいない。

「……。面会。してこいよ」

え？　と広大が目を瞠った。

「あの人に直接会って話してこいって。おまえ、そうしたいんだろ？」

「行ってええんかな。俺なんかが……」

「おまえだけなんじゃないかな」

無量も夜空を見上げながら、言った。

「……」

「あの人の心に言葉届けられんの、この世で、おまえだけなんじゃないかな」

「バディなんだろ？」

死を覚悟で命を分けてくれた。

そんな人間への恩返しは、小手先では届かない。生死を分けるぎりぎりの状況で、人は本性を暴かれるのだとしたら、あの時のガレオスの無心さと、同じくらいの想いで、まっすぐに言葉を伝えなければ。

「届くかなぁ……。俺の言葉」

「届くよ」

無量は膝を抱えるようにして空を仰いでいる。

「……今度はおまえがあの人助ける番なんだよ。きっと」

広大が少しだけ笑った。

「無量、おまえ、ほんまに水中発掘師になる気ないんか？」

「うーん。ギャラはいいけど……」

「司波さんとこに来ーへんか！　一緒に水中発掘しようて。プロの水中発掘師になろうて、なあ！」

肩を摑まれて揺さぶられた無量は、呆れながら、苦笑いした。

「……呼ばれたら、また来るって」

「水中のほうがなんぼもおもろいゆーとるのに」

広大は肩をすくませた。

「しゃーないな。陸の連中に貸しといたるわ。せやけど忘れんなよ。水の中でのおまえの相棒は、この俺だけやぞ」

「おう」

無量も拳を突き出した。

「そっちこそ浮気すんなよ」

拳と拳をぶつけ合う。

またきっと、一緒に潜る日も来るだろう。

夜風には秋の気配が滲み始めていた。少し肌寒い。ふたりは部屋に戻ろうとして、ふとテラスの手すりにもたれるようにして佇む人影に気がついた。

見れば、黒木とエイミだった。

話している声は聞こえないけれど、身を寄せ合うようにして語り合うふたりの間には、一度は断たれてしまった絆をもう一度繋ぎ直そうとする、そんな空気が感じ取れる。

「大丈夫そうやな……」

広大の目にも、そう映るのだろう。

夫をバロンの手下に殺され、そのバロンと戦う決意をしたエイミの歩む道は、決して平坦ではない。

だが、黒木がいる。きっともう、エイミをひとりにすることはないだろう。

無量と広大は邪魔をしないように、足音を忍ばせて、そっとテラスを後にした。

「西原くん、コーダイくん！　どこ行ってたの！」

部屋に戻ると、萌絵はすっかりできあがってベロベロになっている。ひどい絡み酒だ。黒木とエイミのしっとりとした大人な空気に癒やされた後では、げんなりするような光景だ。その萌絵の犠牲者になっているのは案の定、忍だった。必死に逃れようとあがいている。

「助けてくれ、無量。もーほんと永倉さんがひどい……」

「まったく。しょーがないやつ」

無量と広大は顔を見合わせた。……まあ、発掘も終わったし。

「今夜はとことん、つきあいますか」

＊

こうして鷹島海底遺跡の発掘調査は終わった。

解散式を終わらせると、遺物整理がある数名を残して、メンバーたちは各々の地元に戻っていく。

名残を惜しみながら、皆に別れを告げ、無量は鷹島を後にした。

肥前大橋を渡る車から、海底遺跡のあったあたりを眺めている無量に、忍が言った。

「飛行機の時間までまだ余裕があるから、ちょっと史跡見学でもしていこうか」

「史跡見学？」

向かった先は、呼子だ。唐津市鎮西町にある名護屋城跡だ。

豊臣秀吉が朝鮮出兵のための本陣として築いた城郭の跡がある。すぐ近くには名護屋城博物館があり、古代から近代に至るまでの日朝交流史に関する展示物が充実していた。

「うわー……。想像以上にでかいわー」

博物館を見学した無量と忍と萌絵の三人は、城跡を歩き始めた。

波戸岬に面する丘がまるまるひとつ、城郭だ。石垣も立派で、そのへんの山城とは規模が違う。五重の天守閣や御殿も築かれたというから、本格的だ。その周囲には城下町が築かれて、多いときは二十万を超える人々が住んだという。

いまのひなびた町の風景からは、想像もつかないが――。

「さっき見た信号機んとこの名前も、すごかったものね。あちこちに伊達の陣跡とか上杉とか加藤とか石田とか、そうそうたる戦国大名の名前ばっかり……」

かつて全国の大名たちが秀吉に招集されてこの地に参陣した歴史が、地名に残っているのも、特異だ。

汗を拭きながら広い石段をあがっていき、ようやく天主台跡にたどり着いた。

「わあ、海ー」

眼下には波戸岬と加部島、その向こうには玄界灘が広がっている。

左手にふたつ横たわるのは、加唐島と松島だ。

「壱岐と対馬は、あのずっと向こうか……」

 忍が呟いた。晴れていれば、島影も見えるはずだが、暑さで水平線付近にはもやがかかっているため、どれとも判別できなかった。

「しかし、すげー石垣……」

無量は発掘屋らしく、景色よりも城跡のほうに関心がいく。真下には数段構えの石垣が作られ、平坦に削られた天主台跡には礎石も残されている。ここに五重の天守閣がそびえ立っていたというから、往時の威容や、いかにだ。

「けど、たった十年かそこらで、城は破却……か。苦労して建てたのに」

「今となっては無駄みたいな城だったが、秀吉は本気で朝鮮侵略の玄関口にするつもりだったんだろう。意気込みや、推して知るべしだな……」

「しかも全国の大名に屋敷まで作らせて、城下町まであったっていうし」

萌絵も舌を巻いている。

「権力ってホント凄まじいですよね……」

「意気込みっつか、小田原攻めで武装大名いっぱい集まったのがお祭みたいで気分よかったんでしょ？　また味わってみたかった……、とか案外しょーもない理由なんじゃないの？」

無量は景色には興味を示さず、しゃがみこんで眼下の石垣を眺めている。「実測すんの、大変だったろうな」と。

「あのね、西原くん……」

「まあ、……当たらずとも遠からずかもな。朝鮮半島に行かされた人たちが向こうで飢えてエライことになってる時に、本人はここで悠々お茶会してたというし」

「向こうもこっちも、ほんと大迷惑」

「確かに。僕もずっと、なんで秀吉は大陸侵略なんて無謀なことをしでかしたのか、ずっと不思議に思ってた」

海を渡って見知らぬ土地に攻め込む、ということが、どれだけ労力にあわないことなのかは、元寇が証明している。

「このあたりの人たちは、僕らが学校で習ったよりもずっと、大陸との距離が近かったのかもしれない。朝鮮半島はほんの対岸だ。京都や大阪や鎌倉なんかよりも、ずっと身近な土地だったんだろう。ひとつの地域と言ってもいい」

この距離感は、実際に土地を訪れてみないとわからない。

「倭寇というやつも、ただの略奪者じゃない。私貿易をするけれど時には暴力にも訴える。時代によって形態も変わってる。いいことも悪いことも皆ひっくるめての営みだったんだろうな。でもその倭寇という存在が、秀吉を勘違いさせたのかもしれない。名もない海賊たちにできるんだから、自分が朝鮮に打って出ることも」

「不可能な話じゃない、か」

無量は肩をすくめて、石垣を見た。

「……ほんとうに迷惑な話だよ」

「フビライ・ハンにしても秀吉にしても、何かを成し遂げてしまった人間は、留まると言うことを忘れて、海の向こうに夢を求めてしまうのかもしれないな」

「夢なんてキレイなもんじゃねーし」

　無量は徹底している。

「攻めてこられた側には悪夢でしかない。これだから権力者は」

「西原くんは、秀吉嫌いだもんね」

「勘違いしたゴーマンなやつが嫌いなだけ」

　忍のスマホが着信を知らせた。発信者を見て、忍は「お」と言い、

「派遣先の人だ。ちょっと話してくる。ゆっくりしてて」

　忍は引き返していく。天主台跡には、無量と萌絵が残った。

「……そういえば、藤枝教授。あれからとうとう見学には来なかったね」

　萌絵から、藤枝が来ていたことを後から聞いて知った無量だ。

「………。来るわけねーし。来られても迷惑だし」

「私が銀印の話をしたら、なぜか、さりげなくヒントくれたりしたのよね。嫌みな毒舌おじさんだと思ってたけど、ちょっと印象変わったかも。あれって、やっぱり西原くんが関わってるからなのかな」

　無量がふと黙り込んだ。しかしすぐに振り払って、

「あんたが無知だから、イラッとしたんじゃない？」

「えっ。でも割と丁寧に教えてくれたんだけど」

「物わかり悪すぎて呆れたんでしょ」

またしても言い合いになりかけたが、残暑厳しい昼日中に不毛な言い争いをするのも、ツライと思ったのか、ふたりはしおらしく黙ってしまった。

「本当に傲慢なだけなのかな……」

「……」

「それだけなのかな」

萌絵の呟きに、無量は答えなかった。代わりにポケットから宝当神社の御守を出した。

「とりあえず、これ。一応御利益あったから」

「あ。遺物必当御守」

「ちがうけど」

「すごいパワー。まさか本物の〝忠烈王の剣〟まで出しちゃうとは」

実はこれ、と萌絵がバッグから取りだしたのは、無量とお揃いの御守だ。

「宝くじ当てようと思って、……買っちゃってました」

「あー……」

「結局夏休み全部つぶれちゃった上に有給まで使っちゃったんだから、これくらい夢見させてよ」

そんなふたりのやりとりを、忍が石垣の陰から見守っている。手の中にあるスマホには、ＪＫからのメールが着信している。事後処理の報告だった。今度の件ではすっかりＪＫの手を借りてしまった。

〝危うく五億円の領収書を切る羽目になるところだったよ〟

オークション会場で最後まで競っていた男がジム・ケリーであることは、無量たちも気づいていない。

だが、そろそろごまかしきるのは難しい。

あのバロンまで無量に関心を示していた。

これからのことを思うと、気が重くなるばかりだが……。

忍はＪＫに電話報告を入れると、スマホカバーを閉じて、城の上に広がる青空を見上げ、気持ちを切り替えた。無理矢理笑顔を浮かべると、ふたりのもとに戻った。

「さて、そろそろ帰らないと。飛行機の時間に間に合わなくなるぞ」

「おう。帰るか……。って、あっ！」

無量が何かを思い出した。

「唐津焼！　買うの忘れてた」

「はっ。お母さまへのおみやげ」

家族へのみやげを買いに行こうと約束をしていたのに、この騒ぎですっかり忘れていた無量と萌絵だ。萌絵は慌ててスマホを開き、みやげ屋を探し始めた。

「お母さまの唐津焼、ついでにいかシュウマイも買わなきゃ。いかシュウマイ！」

「あ、ちょ……永倉さん、スマホ見ながら走ったら、あぶな……」

忍の背中に、こつん、と何かがぶつかった。

振り返ると、無量が拳をぶつけている。

「どうした？　無量」

「俺、やっと東京戻ることになったから」

「え」

「いろいろ、ありがとな」

というと、無量は背伸びをして、忍の耳元に囁いた。

「だし巻き玉子、よろしく」

三人は足早に本丸跡の石段を降りていく。

玄界灘の青い海の向こうに、真っ白な入道雲がたちのぼる。

様々な想いを渡らせ、想いを眠らせてきた、その海は——。

今日も穏やかな潮騒の歌を唄っている。

主要参考文献

『松浦市鷹島海底遺跡　平成27年度発掘調査概報』松浦市教育委員会
『鷹島　蒙古襲来・そして神風の島』長崎県松浦市教育委員会
『水中考古学のＡＢＣ』井上たかひこ　成山堂書店
『高麗史日本伝　朝鮮正史日本伝２（上・下）』武田幸男編訳　岩波文庫
『倭寇　海の歴史』田中健夫　講談社学術文庫
『李成桂　天翔る海東の龍』桑野栄治　山川出版社
『日朝関係史』関周一　吉川弘文館
『文化財政策概論　文化遺産保護の新たな展開に向けて』川村恒明　監修・著　根木昭・和田勝彦　編著　東海大学出版会
『蒙古襲来』服部英雄　山川出版社

取材にご協力いただきました長崎県松浦市教育委員会事務局の内野義様、松浦市立鷹島埋蔵文化財センターの皆様、京都市埋蔵文化財研究所の加納敬二様に、深く御礼申し上げます。

なお、作中の発掘方法や手順等につきましては実際の発掘調査と異なる場合がございます。また考証等内容に関するすべての文責は著者にございます。

執筆に際し、数々のご示唆をくださった皆様に心より感謝申し上げます。

本書は、文庫書き下ろしです。

遺跡発掘師は笑わない

元寇船の紡ぐ夢

桑原水菜

平成29年 7月25日　初版発行
令和6年 10月30日　7版発行

発行者●山下直久

発行●株式会社KADOKAWA
〒102-8177　東京都千代田区富士見2-13-3
電話　0570-002-301（ナビダイヤル）

角川文庫 20441

印刷所●株式会社KADOKAWA
製本所●株式会社KADOKAWA

表紙画●和田三造

●お問い合わせ
https://www.kadokawa.co.jp/（「お問い合わせ」へお進みください）
※内容によっては、お答えできない場合があります。
※サポートは日本国内のみとさせていただきます。
※Japanese text only

ISBN978-4-04-105858-9　C0193

◆◇◇

角川文庫発刊に際して

角　川　源　義

第二次世界大戦の敗北は、軍事力の敗北であった以上に、私たちの若い文化力の敗退であった。私たちの文化が戦争に対して如何に無力であり、単なるあだ花に過ぎなかったかを、私たちは身を以て体験し痛感した。西洋近代文化の摂取にとって、明治以後八十年の歳月は決して短かすぎたとは言えない。にもかかわらず、近代文化の伝統を確立し、自由な批判と柔軟な良識に富む文化層として自らを形成することに私たちは失敗して来た。そしてこれは、各層への文化の普及滲透を任務とする出版人の責任でもあった。

一九四五年以来、私たちは再び振出しに戻り、第一歩から踏み出すことを余儀なくされた。これは大きな不幸ではあるが、反面、これまでの混沌・未熟・歪曲の中にあった我が国の文化に秩序と確たる基礎を齎らすためには絶好の機会でもある。角川書店は、このような祖国の文化的危機にあたり、微力をも顧みず再建の礎石たるべき抱負と決意とをもって出発したが、ここに創立以来の念願を果すべく角川文庫を発刊する。これまで刊行されたあらゆる全集叢書文庫類の長所と短所とを検討し、古今東西の不朽の典籍を、良心的編集のもとに、廉価に、そして書架にふさわしい美本として、多くのひとびとに提供しようとする。しかし私たちは徒らに百科全書的な知識のジレッタントを作ることを目的とせず、あくまで祖国の文化に秩序と再建への道を示し、この文庫を角川書店の栄ある事業として、今後永久に継続発展せしめ、学芸と教養との殿堂として大成せんことを期したい。多くの読書子の愛情ある忠言と支持とによって、この希望と抱負とを完遂せしめられんことを願う。

一九四九年五月三日

遺跡発掘師は笑わない
元寇船の眠る海

桑原水菜

今回の発掘現場は九州北部の海底遺跡！

長崎県鷹島(たかしま)沖の海底遺跡発掘チームに派遣された、天才発掘師(ディガー)・西原無量(さいばらむりょう)。蒙古襲来の際に沈んだ元寇船の調査が目的だ。腐れ縁コンビの広大(こうだい)や、水中発掘の第一人者・司波(しば)、一匹狼のトレジャーハンター・黒木(くろき)などチームは精鋭揃いで、沈船からは次々と遺物が発見される。そんな中、無量は美しい黄金の短剣を発掘し皆を驚かせる。だがそれは、決して目覚めさせてはいけない遺物だった——。文庫書き下ろし、遺跡発掘ミステリ第6弾！

ISBN 978-4-04-105266-2